藥香蜜醫

2

榛苓 著

文創風 959

目錄

第四十七章

隔壁康家大院裡，楊氏一把接過媳婦秦氏送來的肉，死死地抱住了罈子。見秦氏要走，楊氏忙冷聲道：「等一下，我有話要跟妳說。」

秦氏聽見，懸著的心放下了，看來女兒說得對，這老妖婆是不會摔罈子的。只是楊氏要跟她說什麼呢？看楊氏這臉色，不像是有好事。

楊氏把肉擱進廚房後，雙手扠著水桶腰，氣沖沖地出來，走到秦氏面前時，一根手指戳上秦氏的鼻尖。

「妳這狐媚子！我兒平日多孝順呀，卻聽了妳的攛掇，把好端端的一個家分了。我跟妳說，別以為送了幾斤肉來就能討好我，就能求得我的原諒。我告訴妳，我是不會原諒妳的，到死都不會！」

秦氏聽著這話，著實心寒，但相處兩年多來，她知曉楊氏的性格，就是這般蠻橫無理。跟這樣的人相處，與之理論，不過是火上澆油。

於是，她不怒也不惱，不爭也不吵，對婆婆淡淡一笑。「娘，那肉是早上剁的，現在天氣熱，得趕緊處理，不然壞了可就浪費了。」

楊氏本以為秦氏會被她罵哭，不承想居然還打趣她。不過那肉倒真是得趕緊處理，她好久沒吃葷腥，可不能讓它壞了，便一扭屁股，趕緊跑去廚房。

秦氏看著楊氏這般，覺得好笑，轉身走了。

出門時，她撞到進門的康琴，康琴冷冷瞥她一眼。「嬸嬸，妳我已經不是一家人，還好意思到我家來。」

秦氏不理會康琴的話，只道：「琴兒，快去幫妳奶奶收拾那豬肉吧。」

康琴一聽肉這個字，心情立時轉好，她不善掩藏自己，臉上已然有了笑意，顧不上再嘲諷秦氏，忙跑去了廚房。

另一邊，秦念到了韓家時，韓醫工正好回來，手上還提著兩掛肉。

「念兒，妳這是做什麼？」

「師父，我娘讓我給您送肉來。」

韓醫工將兩掛肉高高提起。「還記得王茂全嗎？上回他來求診，說他娘子懷不上孩子，這回懷上了，要買半隻豬送我。為師沒答應，讓他買了這些。」說著，分出一掛來。「這是要給妳的。」

秦念忙搖頭。「師父，家裡還有，我這裡的還要給您呢。」

「妳家人多，拿回去吧，把這掛肉也帶上。」

「不行不行，師父，待會兒讓啟哥哥把這些肉做成肉乾，往後慢慢吃就是。」

秦念說罷，一腳邁進門檻，抱著罈子去了廚房。

韓啟正在做飯，見秦念進來，手裡還抱著罈子，好奇地問：「念兒，這是做什麼？」

秦念把罈子擱在案桌上。「是我娘讓我送來的。我完成差事，要回家燒豬雜了。」怕韓啟推辭，趕緊溜走。

在門口碰到韓醫工，秦念笑了一聲，跑回家去。

韓醫工看秦念像兔子一樣，跑得飛快，提著肉追了兩步，卻沒追上，不由嗔道：「唉，這孩子。」

秦念從韓家出來後，忽然想到一事，彎進小道，去山邊摘了把野枸杞葉，再跑回家。

此時，秦氏已經煮好了黍米飯，魚也乾煎好，而秦正元洗好的豬下水，全放在竹籃子裡晾著。

秦念回到家，立時洗了枸杞葉，竹籃裡的豬下水堆起來滿滿一堆，一頓肯定吃不完，便只取豬肝放進碗中，其他的待會兒滷起來，這樣可以吃好些天。

接著，鍋裡的水煮開，放入薑片，再加豬肝煮一下，最後把枸杞葉放進去燙熟，一併用大陶碗盛起來。

這時，康有田扛著鋤頭回來，遠遠就聞到廚房裡飄出的魚肉香，餓得前胸貼後背的肚子忍不住咕咕叫起來，一餓就有飯菜吃的感覺簡直太美好了。

他進門，見秦氏正在洗鍋，以為菜都是秦氏做的，覺得這兩年多來不該出門做工，浪費了與媳婦相處的日子，好生後悔，巴不得時間倒流回去。

一家四口坐上飯桌，和樂融融，秦念幫康有田盛了豬肝枸杞湯，道這湯裡的枸杞葉可以明目清肝，這些天他與秦正元一路奔波，剛好解乏平鬱。

康有田心道，雖然秦念和秦正元不是他所出，但性子和善，尤其是秦念，還特別懂事，比起兩個親姪兒，簡直好上百倍。

與這邊的和諧氣氛不同，康家大院那邊，正在大吵大鬧。

緣由是康琴無意間的一句埋怨，說叔叔在外面做工回來，拿了錢，曉得買肉回來給家人吃，卻沒見著她爹一文錢。

康琴還說，康有利屋裡有條紅褻褲，那條柔軟又豔麗的褻褲，分明不是她母親的，也不是秦氏的。秦氏屋裡有什麼東西，她可是一清二楚。

後來，她說到激動處，甚至咬定康有利在回來的路上逛了花窯子。她雖沒去過那種地方，但話本子寫過，花窯子裡的姑娘們都穿著顏色十分鮮豔的衣裳。

康有利還不承認，康琴氣不過，跑到他屋裡把那條紅褻褲找出來，摔在他臉上。

楊氏頓時氣得不得了，對兒子破口大罵。「你這個要遭天譴的，一年到頭就賺那麼點錢，還拿去逛窯子。難道屋裡的不香，非得去找別的女人？」

康有利想著自家婆娘那蠟黃臉色和貌如無鹽的模樣，猛地一拍腿。「就是不香才去找的。」這一狡辯，就把自己的罪名坐實了。

康琴氣得要死，摔了只碗，說等母親回來，要把這事告訴她。楊氏則心疼兒子花出去的冤枉錢，氣得連飯都嚥不下，在屋裡嚎哭。

唯有康震無動於衷，心裡想著那窯子裡的姑娘，品嘗起來也不知道是個什麼味道……

兩家只隔著一堵牆，聲音吼得大些，就能把話聽得一清二楚。

康有田本想過去勸勸，秦念勸阻了他。

「繼父，既然我們與康家大房分了家，康家大院那邊的事情，還是少管為妙，以免惹火燒身。」

秦氏也勸道：「是啊，清官難斷家務事，往後各家過各家的，大哥他們若是有困難，我們可以幫一下，但吵架這種事，別去摻和，免得越摻和越亂。」

康有田細細一想，自家老娘那臭脾氣，他去了，也不過是討回一頓罵，還是算了。女兒和媳婦說的都是道理，他得聽，就不管了。

吃完晚飯，秦氏要來幫著滷豬下水、焙肉乾，但秦念想著，繼父剛回來呢，還是讓他們多說說話，便把母親趕回屋。

秦氏點頭，想著秦念買來的布料那麼多，剛好騰出工夫做衣裳。現在丈夫回來了，也能幫他做一套。

廚房裡，秦念喊了秦正元幫忙，又說起要去玫瑰莊園找莊主的事。

「哥，上次我師父說，莊主的武功極為厲害，莊園裡還收了徒弟，要不這兩天我們準備一下，再挑個日子去看看。那莊主不僅武藝高強，還認識不少京裡的貴人，若是可以拜在他門下，說不定往後能助你一把。」

前世，秦正元一直窩在這山溝裡，每回想離開，都會被康家人想方設法絆住，只能留在白米村，為康家人做牛做馬。

這世，秦念想讓他出人頭地，因為她很清楚，雖然他性格憨直，但在為人處世上十分有悟性，也學得快，覺得他需要的是一個學習和歷練的機會。

再說了，秦正元是個有抱負、有夢想之人。

兩個月前，韓啟送了幾本兵書給他看，他看得津津有味，時不時在地上拿著石子排兵布陣，搞得有模有樣。秦念覺得，若是他能混個武官，倒也不錯。

秦正元一臉嚮往，但又有點猶豫。「妳說，莊主願意收我為徒嗎？」

秦念道：「我們先去問一問，看他有何要求。若是不願意，再看情況行事。」

秦正元重重地點頭，臉上樂呵呵的。

這時，秦念正將豬腰子和腸子等物往鍋裡送，又舀幾瓢水進去，再加入桂皮、八角、生薑、冰糖和粗鹽，最後倒適量的醬油和黃酒。煮開後，小火溫了約莫半個時辰，鍋裡便冒出一股濃郁的醬香味，饞得秦正元口水都要掉下來。

等豬下水滷好後，秦念嚐了味道，覺得非常好吃，一丁點腥味都沒有，便將滷汁盛起來，打算一部分拿來明日拌飯，另一部分放涼後淋在去了皮膜又經過錘打的鮮肉上。接下來，她要把處理好的鮮豬肉焙成肉乾。

平常老百姓不像皇室和貴族有冰窖，只能把新鮮的肉焙成肉乾存放，想吃的時候取上幾塊下粥、煮湯，或出門帶在路上當乾糧。像軍隊行軍打仗時，軍糧裡就有肉乾，聽說吃了之後，力氣特別足。

秦念把醃好的鮮肉一塊塊拿出來，放在用來焙肉的葦篾席上。

這塊不足三尺的葦篾席，是從韓啟那裡拿來的。

自她隨著秦氏到康家後，兩年多來，除了繼父在家能吃上一點肉末外，平常連肉的味道都沒有聞過，就算哥哥有獵到野物，也會被楊氏搜刮走，連根毛都不留給他們，所以家裡沒有葦篾席這類的東西。

這夜，秦念為焙肉乾忙活到半夜，才去歇息。

第四十八章

接下來幾天，秦念照常跟韓啟在三疊泉練武，回來時就在附近山頭採藥材，還跟著韓醫工出診。

這日一早，秦念和秦正元各將自己打理得整整齊齊地出了門。

秦正元穿著秦氏新縫製出來的衣裳，雖只是棉布料子，但比平常穿的破舊麻衣要好上不知多少倍，加上他最近長得快，換上新衣，便顯得高大俊挺，都快趕上韓啟那般俊美了。

秦念則把頭髮盤成一個髻，用桑木簪子固定。這根桑木簪子還是韓啟幫她削的，她一有空閒就拿出來看，當成寶貝一樣藏著。她身上的衣裳有點破舊，是秦正元以前穿過的，幸好大小很合適。

今天他們要去玫瑰莊園，因為起得早，所以沒打算打擾韓啟。

但是，韓啟早早就候在村道上了。

秦念看著晨霧下的韓啟，心裡暖暖的。每回她出村，他都要來送，怕是把她當成小孩了，擔心被人拐去。

前世她很少出村，韓啟沒有這樣做過，覺得這一世韓啟對她要好上百倍。

「念兒，這回去玫瑰莊園，莊園的人若是為難你們，不肯讓你們見歐陽莊主，就先回來再說。」

歐陽瑞霖是玫瑰莊園的主人，這是韓醫工昨日告訴秦念的。

秦念應下。「嗯，你放心，我自有分寸。」眉頭一揚，下巴翹得老高。「反正我是不會放棄的。」

韓啟摸摸秦念的頭。「傻念兒，等到妳吃了虧，就知道這句話說得有點滿了。」

秦念輕笑一聲。「那等著瞧吧！」

韓啟的神情有點低落。「念兒，這事我幫不了妳，妳不要怪我。」說著，頭低了下去。許是因為穿了男兒的衣裳，秦念覺得勁頭都來了，便學著男兒模樣，一拳擊在韓啟的胸膛上。

「我才不會怪你呢！你能告訴我這麼多事情，已經幫了大忙了。」

韓啟聽她這般說，心情才放鬆了些。

兄妹倆一個揹著竹簍、一個提著長劍，他目送他們快步走出村子，過了橋，直到兩人彎過山道，看不見蹤影，這才轉身回去。

原本韓啟是要讓秦念坐牛車去的，但秦念覺得坐牛車顯得沒那麼有誠意，非要和秦正元走路去。

也罷，反正不是很遠，走快些的話，一個多時辰應該可以到。

秦念和秦正元走到快到鎮上的分叉路，朝北邊走去。由於每日習武鍛鍊的緣故，力氣十分充足，走路像飛得一樣快，不過一個時辰，便走到了玫瑰莊園。

他們遠遠便聞到滿滿的玫瑰香，放眼望去，無邊無際的花田，秦念身臨其境，猶如處於仙境一般。

秦正元也欣喜不已，感嘆道：「太美了，原來玫瑰花還有白色、黃色和紫色的。」以前只見過紅色玫瑰花和粉色玫瑰花，沒見過其他顏色。

秦念也只見過紅色和粉色的玫瑰花，但她熟讀醫書，知道玫瑰花還有其他顏色。此刻她親眼所見，興奮不已。

玫瑰園被竹籬笆圍起來，前面不遠處，有一排排依山而建的屋舍，建造得十分精巧，其中不僅有大宅院，還有樓閣亭臺、小橋小溪，當真是格外別致的莊園。

擋住他們去處的是一扇大門，門前兩座石獅威武異常，門頭十分寬整，朱漆大門顯得格外貴氣，令人一看便知這不是平常百姓能待的地方。

忽然，門內傳來犬叫聲，聲音十分凶惡，令秦念有些不安。

她不怕人，但十分怕狗。

偏偏秦正元也怕狗，但近來他一直在心裡對自己說，往後凡事都要站在妹妹前頭，不能像以前那般躲到妹妹身後，所以壯著膽子守在秦念身前。

「念兒，別怕。」其實他連腿都在顫，生怕門一開，裡面的惡狗衝出來咬他，大概會嚇得落荒而逃。

不等他們敲門，厚重的大門被打開，狗吠聲越發凶惡，但出來的不是狗，而是一名身著布衣的中年男子。

若秦念猜得沒錯，這應該是守門的護院或家奴了。

「你們找誰？」

守門人語氣不善，秦念因為早有準備，沒往心裡去，微笑道：「這位大叔，我想找你們的莊主。」

守門人上下打量秦念和秦正元一番，心道這兩個少年模樣長得倒是十分不俗，但看他們衣著，怕是想來做工的吧！於是冷聲道：「你們走吧！這裡不招人。」

秦念忙道：「我們不做工，是有事找莊主。」

守門人冷哼一聲。「莊主是你們想見就能見的嗎？還不快走。要是不走，我就放狗了。」說著，鬆開手中的狗繩，狗頭冒出來，衝著他們汪汪直叫。

秦念和秦正元頓時嚇得後退了好幾步。

守門人見他們膽子這麼小，冷笑一聲，拉回狗，自己縮進門內，再把大門砰的一聲緊緊拴上。

秦念上前拍門。「欸，大叔，我們真是找莊主有事的！」

門內傳出守門人的聲音。「再不走，就放狗了。」接著是狗刨門的聲音，聽得讓人心驚膽顫。

秦正元急了。「不過是幾條狗，等他放出來，我們再衝進去。」

秦念拉住他。「不能衝動。我們剛剛才來，先歇一歇再說。」

走了一個多時辰，他們也渴了、累了，不如先尋地方坐下來，喝點水、休息一下，再想想到底要怎麼辦。

等他們吃過幾塊肉乾、喝了些水，一直休憩到午時過去，秦念也沒想出更好的辦法來。她很明白，再去敲門，守門的人定會放狗。這樣一來，不僅進不去，還會被嚇個半死。

秦正元正與自己生氣，心想他能斬匪徒一條胳膊，難道還怕幾條惡狗不成。

不過，他也不能硬闖進去。

「念兒，不如我們先回去，明日再過來。」

秦念死盯著大門。「不著急，我們再等等。」

結果，一等等到了天黑。

「念兒，我們回去吧，天都黑了。」

秦念卻道：「既然天黑，我們不如在這裡歇上一晚，節省明日過來的工夫。」這門總不至於一直不開吧，既然來了，乾脆守在此處等候。

秦正元心道妹妹有此膽量，難不成他還怕？便點頭。「那我們就等。」

幸好秦念早有準備，帶足乾糧和水，只是衣裳穿得不多。不過如今天氣越發熱了起來，夜裡不至於太涼。

深夜時，秦正元睡不著，見秦念也翻來覆去，關切地問：「念兒，妳冷不冷？」

秦念道：「若是我以前的身子骨，定熬不得夜。可這半年來，我天天跟著啟哥哥鍛鍊身體，又常與他在山裡打獵露宿，體魄越來越好。我沒事，哥哥放心好了。」

於是，兄妹倆在離大門較偏僻的地方生了一堆火，撿些乾草鋪在火堆邊，躺著歇下了。

次日，兄妹倆又守了一整日，卻只遠遠可見玫瑰花叢中有三三兩兩的花奴在摘花、澆水、除草。

那扇大門始終閉著，沒人進出。

到了傍晚，暮色漸臨，秦念打算回家。

「唉，這兩日算是白守了。」秦正元有點洩氣。

秦念淡淡一笑。「哪能算是白守，我覺得收穫挺大的。」

秦正元轉臉看著妹妹，一臉不解。

秦念指著莊園裡遠遠可見的屋舍。

秦正元有點著急地問：「念兒，妳指著那些房子幹麼？」

秦念搖頭。「我指的不是那些房子，而是那些房子所依的大山。」

秦正元更不解了。「那座大山怎麼了？」
秦念放下手，笑道：「我仔細辨別了方向，我曾經和啟哥哥一起去過那座大山，只是沒有走到這邊來。
秦正元聽著，心中一喜。「念兒，妳的意思是，我們要用翻山的方式進莊園？」
秦念想了想，道：「等我回去跟啟哥哥商量一下。」
秦正元一聽，渾身又有勁了，但這樣偷偷摸摸地進去，似乎不太妥當。
「從山裡進去，會不會被他們當成賊捉起來？」
秦念抿著唇點點頭。「極有可能。」
秦正元幻想著自己被當成賊的情景，不由渾身起了雞皮疙瘩，忙搖頭。「不成不成，我們還是堂堂正正地從大門進去。」
秦念看著他一本正經的模樣，笑了起來。「哥，你的膽子不用這麼小吧！」
秦正元挺直胸膛。「我堂堂男子漢，膽子才不小呢！我只是覺得，男人就該堂堂正正地去做些事情。」
秦念突然嚴肅了面容。「你看的那些兵書上的兵法，有哪些是堂堂正正，還不都是陰謀詭計。」
秦正元一愣，腦子裡回想兵書裡的內容，驀地轉頭看妹妹。「那些兵書裡的內容，妳都知道？」

秦念點頭。「醫書都看完了，無事時就拿你那幾本兵書翻翻。」她可愛看書了。

秦正元不由脹紅了臉，摸著後腦勺，氣惱道：「念兒，我發現，不管我如何努力，好像都比不過妳。妳不過是隨便翻那些兵書，就能悟通書裡寫的都是陰謀詭計，而我……唉！」

秦念沒想到哥哥在跟她較勁，不過覺得這也不是壞事。她感覺自己與一般人不太一樣，許是記性好，悟性也高的緣故，學東西特別快。相較而言，哥哥比她差些，但她認為，哥哥只要一直努力上進，定能做得很好。

她等著哥哥變強大，但想要強大，須得先學本領，所以她一定要讓哥哥跟玫瑰莊園的主人習武。

第四十九章

兄妹倆到村口時，已近亥時，月亮都高高地掛在頭頂上了。

夜色下，橋上有道俊挺身影，秦念一看便知道是韓啟，不顧疲勞，歡快地跑過去。

「念兒。」韓啟像往常那般迎向她，柔和的月光下，兩條劍眉深深蹙起，如雕刻般精緻的面容顯得沈鬱。

半年工夫，足以讓正在成長的少年變得完全不一樣。秦念天天與韓啟在一起，並沒有覺得他變化有多大，但此刻，她細細注視著他，發現他似乎較之前成熟不少，那張臉越發讓人覺得俊美無雙，還有那雙狹長鳳眼的目光，似乎能穿透人心。

「你們怎麼一去就是兩日，到現在才回來？」

本來還覺得沒有多大的事情，到了韓啟這裡，秦念一下子委屈起來，頭低下去。

「等了兩日，連門都進不去，也找不到一丁點機會。」

韓啟早已猜到是這樣的結果。「趕緊回家吧，妳娘一定很著急了。」

其實，他自昨日太陽下山便在橋上等，除了回去吃飯外，一直守在這裡。他實在等得著急了，生怕他們被玫瑰莊園的人欺負，又擔心他們碰上山匪。

總之，等候的兩日間，他可謂煎熬至極，各種不好的可能在腦間翻飛，生怕他再等到一個天亮，也等不到這對兄妹回來。

幸好，他們安然到家了。

往村子走回的路上，秦念跟韓啟說了想翻山進去玫瑰莊園的事。

韓啟沒想到這小妮子鬼靈精怪，竟有如此大膽的想法，不過倒不失為一計。

「只是，妳想過沒有，歐陽莊主是極其謹慎之人，他的莊園依山而建，勢必會在莊園附近設防，讓外人不得靠近。」

秦念沒有想到這一層，只想到那些屋舍本就在深山之處，方圓二、三十里之內，大概都沒有外人居住。

「那該怎麼辦？我們到底要不要去探一下。」

秦念不死心，萬一沒有設防呢？就算設防，或許她也能越得過去。

韓啟也是個愛冒險的性子，想了想，道：「要不，我們去試試。」

秦念就等著他這句話，不由笑開了。「那明日就去好不好。」

韓啟看向秦正元。「正元，你怕不怕？」

秦正元眉頭一揚。「你們都不怕，我怕什麼。」這個時候可不能孬。

韓啟把秦念送回家時，一直在家裡擔心的秦氏終於鬆了口氣，又跑回屋裡，拿出兩套疊得整整齊齊的衣袍，交到韓啟手上。

「韓哥兒，這是念兒上次買來的布料，替你和你爹各做了一套衣裳。」

秦念買了布料回來的事，韓啟並不知道，抱著這兩套衣裳看秦念。「難怪上回妳向我和我爹各要了一套衣裳，說是給妳哥和妳繼父當樣子，原來還有我和我爹的分。」

秦念羞澀一笑。「我怕你和師父拒絕，就誆了你們一回。」

雖然被誆了，但韓啟心情十分愉悅，因為秦念能想著他和韓醫工。

韓啟對秦氏深深鞠躬。「多謝嬸子不辭辛勞幫我和我爹做衣裳。」

秦氏忙躬身還禮。「不用這麼客氣，你和你爹可是念兒的救命恩人，你爹還是念兒的師父，她理應多孝敬你爹才是。」

韓啟又客套幾句過後，才抱著衣袍回去。

待韓啟離去，秦氏忙問秦念玫瑰莊園之事。

秦念向來報喜不報憂，微笑著安撫秦氏。「這兩日莊主不在，我們撲了個空。」仰頭望天。「今日星月如此明亮，明日定是個好天氣，我打算與啟哥哥去深山採藥。」看向秦正元。「哥哥也一起去。」

秦氏問道：「深山？那豈不是到夜裡也不能回來？」

秦念點頭。「嗯，去遠些的地方，看能不能採點好藥材。如果去得久的話，可能兩、三日都沒辦法回家。」這般說，就是不想讓母親為她和哥哥擔心。

「那你們可得小心些。」每回女兒要進深山老林，秦氏都害怕得要死，生怕女兒和韓啟被野獸叼了。

秦正元忙道：「娘，您放心吧，這次我也一起去，沒事的。」

秦氏從上到下打量兒子，笑著道：「早上你換上這身衣裳，為娘還沒有認真看看，你和念兒就出了門。現在仔細看著，我兒當真長高了，穿著這衣裳，越發像個大人了。」

秦正元呵呵一笑。

康有田從屋裡走出來，也笑呵呵。「再過兩年，正元怕是比我還要高了。」

秦氏抿唇應了聲。「何止怕是，你看，如今正元都快比上你了。」

康有田個子高大，相貌也生得方正，只是平日裡總是一身短衫短袴，一看便是十足的山裡漢子。

秦氏道：「上次念兒買的布料也有你的分，接下來我該幫你做身袍子了，好讓你穿得像個人樣。」

康有田歡喜地點點頭，忽地又發愣，看大院一眼。「要不，下回念兒去鎮上，再買些布來，幫我哥和我娘也做身衣裳。」目光轉向秦念。「這錢我出。」

秦念神情微冷。「繼父，給你娘做衣裳，乃是我娘的本分，但康家大伯的衣裳，自有康家伯母去縫製，哪裡輪到我娘。」想到康有利那賊人往母親屋裡鑽，甚至撲到床上去，就覺得噁心萬分，還要給他做衣裳？呸！想得美。

秦氏也道：「是啊，念兒說得對。大哥的衣裳自有嫂嫂做，哪輪到我這個弟媳婦。」

康有田微微頷首。「嗯，妳和念兒說得有道理，是我想得不夠周全。」

秦氏想著康有利一直待在家裡，大嫂卻還在外面，又問：「大哥還要出外做工嗎？」

康有田道：「我昨日問過他，說明日就要出去了。」康有利說他不喜歡留在家裡種地，外面雖累，但沒有老娘管著，自由許多。

秦氏想著，光看就令人心煩的康家大伯終於要走了，卻又擔心大房的地沒有人種，康震又是個懶惰的性子。

康有田發現秦氏神色有變，猜中她一部分心思，安撫道：「大哥交代了，震兒一定要安生在家再種兩年地，才會放他自己去討生活。」

在康有利眼裡，康震還是年紀太小，不適合在外面闖蕩。

康震卻盤算著，自己的「武功」還沒有精進呢，他得在家裡多練練才行。

另外，他還有一件非常重要的事情，就是守著秦念。等候時機要了秦念，他才能放心地出去找門路發展。

吃過晚飯後，秦念留在廚房，準備烙餅。

要進深山，又要籌謀進攻瑰莊園，定得將乾糧備得足足的。幸好之前她從鎮上買來不少麵粉，可以做不少餅子。

她把半袋麵粉倒進木盆裡，和了水，揉壓成麵餅，又往灶火裡添了麥秸稈。

灶邊的麥秸稈都是鄉親們送來的。去年她跟著母親和哥哥到康家地裡種麥子和黍米，還有黃麻及蔬菜等，但今年春天她病過一場後，就再也沒有下過地，所食米糧都是花錢買來的。不過，繼父回來了，往後吃糧吃菜也會方便許多。

待到廚房的香味飄出來，秦正元走進去，瞧見滿滿一大鍋的餅子，吃了一驚。「需要到這麼多的餅子嗎？」

秦念道：「有備無患。」她可從不打沒準備的仗。

秦正元點點頭。「還是妳聰明，行事妥貼，哥哥真是不及妳萬分之一。」

秦念聽了，卻沈下臉色，看向他。「各人有各人的本事，哥哥得自信些，往後定會比我聰明厲害。」

秦正元臉色一紅，又點點頭。「是，我得有信心。」說著，擼起袖子，幫秦念把滾燙的烙餅起了鍋。

把餅子擱置妥當後，他捏出一塊來嚐嚐，唔了一聲，大大稱讚道：「嗯，外脆裡酥，真香，真好吃。」

秦念也捏下一塊嚐了，笑著點頭。「嗯，啟哥哥定也喜歡吃。」

秦正元伸手戳她的額頭一下。「腦子裡盡想著妳的啟哥哥，害不害臊呀！」

秦念本來不害臊的，被他這般一說，臉一紅，追著他打鬧起來。

秦氏屋裡，康有田聽見兄妹倆的咯咯笑聲，笑道：「有孩子在身側，就是覺得熱鬧。」

秦氏見康有田臉上的笑容真切，感到十分寬慰，覺得這才是她嫁到康家該有的生活。

第五十章

次日一大早，秦念便和秦正元去了韓家。

韓啟早已準備妥當，帶了比平常要多幾倍的食物，還有刀劍，與剪子、鐵鋤之類的工具。

來白米村時，他就帶了兩把寶劍和一套弓箭，均是隕鐵所製。他送了秦正元一把劍，自留一把，而那套弓箭，他好幾次說要送給秦念，但秦念見他只有這一套，怎樣都不肯收。

他把這件事放在心上，前些天，在廚房熔了幾樣做農活的鐵具，自造了一張弓和幾支羽箭來，但畢竟不精此行，自然是比不得那套名師所鑄的弓箭。

秦念一進門，韓啟便拉住秦念，要將他原先那套弓箭的箭囊往她身上套。

秦念莫名其妙。「啟哥哥，你這是做什麼？」

「念兒，往後這套弓箭就屬於妳了。」

秦念連忙推辭。「不行不行，你就這套弓箭，給了我，往後你上山打獵怎麼辦？」

韓啟笑著將擱在旁邊的另一套弓箭拿過來，遞給秦念瞧。「妳看，我自己造的。」俊美無雙的面容上，還透著一股得意勁。

秦念看著這張弓，形狀還算不錯，但弓身明顯是粗製濫造。箭上雖鑲了羽毛，但與揹在她肩上的鵰翎不同，這分明是火雞毛，一點也不顯得貴氣。韓啟自製的這套弓箭，跟原先的相比，簡直差太多了。

韓啟還縫了一個箭囊，是豬皮做的，但他顯然不擅長手工，針腳縫得七歪八斜，令人看著就想發笑。

秦念心想，這還不如弄個竹筒來裝箭呢，忙把肩上精緻的牛皮箭囊取下來，還給韓啟。「啟哥哥，我的箭術與你相比還差得遠，你用這個吧，把你新做的給我。」就要去拿韓啟的箭囊。

韓啟卻退了幾步，勸道：「正因為妳箭術還不精，所以更得用好一些的。」說著，將火雞毛所製的箭放進還未脫離豬腥味的箭囊，揹在肩上，又把弓也扛上肩。

秦念見韓啟執意如此，不好再推卻，主要是怕這一來二去，會耽擱時辰，遂老老實實地把韓啟送她的弓箭掛在身上。

今日秦念依然是男子裝扮，由於要爬山，腳上穿的是鹿皮靴，再加上這套名貴的弓箭，讓她俊美中又帶著些英氣。

秦正元看著妹妹這身打扮，笑道：「念兒，妳這番模樣，怕是上了戰場，人家也看不出妳是個女娃。」

韓啟道：「就是瘦了點。念兒，往後妳得多吃點，長得壯，力氣也會大些。」

秦念抬起手，秀起自己的手臂。「你們別小看我，現在我力氣可大了。」

她這番裝腔作勢的模樣，惹得兩個英俊哥兒都笑彎了腰。

這時，韓醫工從屋裡負手走出來，面色嚴肅，手握空拳，輕咳一聲，所有笑聲頓時戛然而止。

「師父。」秦念乖巧地喊。

韓醫工看著秦念這副信心滿滿的模樣，眉頭不由一皺。「你們這不是要上山打獵吧？」他對玫瑰莊園十分熟悉，這幾個月與秦念相處，也了解她那鬼靈精怪的性格，再加上韓啟昨夜反常的行為，便猜到他們定是要從深山裡進玫瑰莊園。

秦念摸摸後腦勺。「師父……」

韓啟忙道：「爹，您放心吧，我們就是去打獵而已，只是要去得遠些，怕是要花個三、四日才能回來。」他盤算著，若秦念他們能進去，他得在外面守著等消息；若是形勢不好，他還得進去救人。

韓醫工擰著眉，看向韓啟。「啟兒，你可要記得一件事。」多餘的話，他就算不說，韓啟也會知道。

韓啟忙點頭。「爹爹，我不會去別處的，更不會讓別人……」看到他。

韓醫工一揮手，截住了韓啟的話。「好了，你們趕早動身吧！」

韓啟見韓醫工並沒有阻止他，心下一鬆，忙把乾糧袋挎在身上，與秦念和秦正元一道出了家門。

出門後，秦念注意到韓啟身上的乾糧袋，又看了秦正元揹著的、已經切成塊狀的大餅。

「啟哥哥，我準備了好多乾糧，你也準備了這麼多？」

韓啟笑著看秦念。「有備無患。」

秦正元見狀，感嘆道：「你倆還真是一對，說的話都一模一樣。」

秦念臉一紅，輕打他一掌，秦正元笑著往前跑去。

韓啟卻撫著頭，難道秦念也說了這話嗎？等等，剛剛秦正元還說了什麼？他和秦念是一對！不由臉都發燙了，秦念還不到十三歲呢。

他看著前方與秦正元打鬧的秦念，心道：念兒呀念兒，妳快些長大吧！

三人走在山間小道上，東升的太陽從山的另一邊冒出半張臉，讓原本灰濛濛的天空清透起來。

秦念想著即將要進行的探險，沒有一絲一毫的緊張，反而樂得哼起歌來。

「七月流火，九月授衣。一之日觱發，二之日栗烈。無衣無褐，何以卒歲？三之……」

韓啟還是第一次聽秦念哼歌，覺得挺好聽，聽了幾段後，悄聲問秦正元。「這詞是《詩經》中的〈七月〉，但這曲子我從來沒有聽過，念兒是從哪裡學來的？」

秦正元一臉神氣。「你不知道吧，其實我妹厲害著呢！她自小跟著娘識字，幼時在縣城，我父親買來不少詩書給她讀，她喜愛得很。後來還迷上譜曲奏琴，閒時會把喜歡的詩編上曲，再吟唱。」

韓啟驚道：「這麼說，這是念兒自己譜的曲了？」這歌那麼好聽，要說是她譜的曲子，他還真是不敢相信。

秦正元點頭。「正是。」

韓啟嘖嘖點頭。「沒想到念兒還精通音律。」不由又嘆了一聲。「唉，她待在白米村，真是委屈她了。」

能識文斷字，懂醫術，還精通音律，秦念若能到京城去，可是響噹噹的才女呀！

秦正元看著前面又唱又跳的妹妹，抿唇欣然笑了一會兒後，才道：「她說以後要離開白米村的。」

韓啟聞言，心情沈下來。他之所以會這樣，不是因為秦念將來會變得越來越好，而是怕在將來，他和秦念越走越遠。

秦正元轉臉看韓啟，見他神情有變，便問：「韓啟，你打算一輩子都待在白米村嗎？」他一直很納悶，韓啟為什麼不能離開白米村？

韓啟搖頭。「不知道。」

雖然韓醫工說過，他們不會在白米村待太久，但未來是什麼樣子，他根本想不到，也不敢想。甚至有時會想，倘若有一日他離開白米村，或是京城的人知道他在白米村，那他還有命可活嗎？

秦正元微嘆一聲，心情也變得沈重起來。

其實他現在最擔心的是，接下來一路往深山裡走，能不能進玫瑰莊園？如果進去了，又會發生什麼事？這一切都無法預料，只希望秦念能好好的，不能因他想去學武，而讓秦念受到傷害。

高山山勢險要，山路難走，接下來他們花了兩日，翻越三座大山，終於到了玫瑰莊園所依的大山山頂。

從山頂往下看去，玫瑰莊園錯落有致的屋舍清晰可見，山勢似乎也不是很陡峭，令一直暗暗擔心不能到達玫瑰莊園的秦念信心大增。

「哥哥，我們趕在入夜前進莊園吧。」

越是接近目的地，秦正元的心頭越慌。「念兒，我們還是小心些為妙，有時看著很順利的事情，其實不簡單。」

「喲，哥哥，你能有這想法，表示你又變聰明了，啟哥哥送你的那些書沒有白看。」秦念笑道。

韓啟見秦念不驚不慌，也一臉嚴肅地道：「念兒，妳哥說得有道理。」指著不遠處半山腰上的幾間草棚。「那裡有人家，我們過去看看是什麼情況。」

玫瑰莊園的附近竟然有人家，防備一定不會那麼簡單。

此刻正當晌午，三人吃了點乾糧，喝了水後，便下山往那幾間草棚行去。

他們一路順暢無阻，直到前方秦正元一聲驚呼，隨之便不見了蹤影。

秦念嚇了一大跳，哥哥走在前方二丈之遠，即便他們位處密林，她都能看到他在一顆巨石邊，怎麼一眨眼的工夫，就不見了？

「一定是出事了。」

韓啟本是在後面，他與秦正元一前一後地將秦念護在中間，這會兒聽到秦正元的驚叫，連忙快步越過秦念，並令秦念待在原地別動，他去前面看情況。

秦正元出了事，秦念怎能守在原地不動，不顧韓啟勸阻，跟在韓啟後面跑上前。

奇怪的是，巨石旁邊並無任何陷阱，石頭看起來也十分平常，但秦正元就這樣在原地消失了。

韓啟圍著巨石走一圈，並沒有發現秦正元的蹤影，又蹲下檢查地上的腳印，只有秦正元剛走到巨石邊的腳印，並無其他人的。

秦念著急起來。「啟哥哥，怎麼辦？」此刻她十分後悔，覺得不該冒冒失失跑到這裡來，將哥哥和韓啟置於險地。

韓啟見秦念慌了，十分能理解秦念的心情。不管她平常如何聰明，說到底，她還只是個女孩。

「念兒，妳先別慌，我們找找看，人定然不會就這樣失蹤的。」

秦念也跟著看著腳印，急道：「我哥不會是被猛獸叼走了吧？」

韓啟搖頭。「不能確定，但猛獸向來只在荒山出沒，這座山有人居住，不太可能有猛獸。」但也不是一定沒有，畢竟這裡是森林。

秦念顧不得多想，雙手圈成喇叭狀，大聲喊起哥哥，一聲又一聲的，卻沒有半句回應。喊了一陣，她崩潰了，忍不住哭出聲來。

她知道此刻哭也沒用，但失蹤的人是她親哥哥，萬一哥哥出了事，那該怎麼辦？她要如何向母親交代？

韓啟也十分著急，但他一定得穩住，不然會像秦念一樣不理智。

「念兒，此刻妳不能著急，現在沒有找到正元，不一定是壞事。」

秦念看著這雙清明的眼睛，腦子終於冷靜下來，抬袖抹淚。「是，啟哥哥，你說得對，我不能著急。」剛剛聽哥哥的驚叫，若是真找到，看到的可能就是他的屍首。此刻沒有找到，也許他還活著。

韓啟見秦念恢復理智，連忙扶起她，兩人開始在附近尋找起來。

第五十一章

一個時辰後，兩人一無所獲。

秦念雙手撐著腰身，看著四周密布的大樹和帶著尖刺的藤蔓，抬袖抹了把額頭的密汗。她已經累極，卻不敢休息半刻。

韓啟從不遠處朝她走來，亦是汗濕衣裳，衣襬還被劃破好幾處。

「念兒，這裡都沒有，要不我們去那幾間草棚問問。」

秦念正有此想法，他們對此處不熟，但草棚附近好像還闢了幾塊菜園，想必是有住人的，不如去打聽打聽。

生不見人，死不見屍，這當真是活見了鬼。

韓啟在前，拿著寶劍一路為秦念披荊斬棘，小心翼翼地護著她前行。

兩人行至草棚前，見門口坐著一個老人，手上握著幾根竹條，正在編竹器。

韓啟上前，十分恭敬地拱手行禮，問道：「老人家，請問您有沒有見到一位少年，年紀與我一般大小？」

老人抬眼看韓啟，許是未見過這般好看的少年，目光微微一閃，搖了搖頭，不說話。

秦念打量四周，看不出有什麼特別的地方，於是也學韓啟那般拱手行禮，道：「老人家，我口渴了，可否與您討碗水喝？」

老人微微點頭，放下竹器，彎著瘦弱的身軀，走進了草屋。

秦念和韓啟一前一後跟著進去，昏暗的屋子裡，只有一張小小的床榻和案桌，卻十分乾淨整潔，似乎連雜物都沒有。

老人從案桌上取了兩只茶杯，拿起茶壺倒水，倒完便擱下茶壺，一聲不吭地出了門。

秦念和韓啟齊齊向老人道謝，各拿了一杯茶往嘴邊送。

不一會兒，屋裡響起兩道倒地聲。

屋外的老人唇角驀地露出詭異的笑容，隨即將手指彎進嘴中，吹出一道鳥鳴聲。接著，他丟下手中正在編織的竹器，站起身，原本彎屈的腰背挺得筆直。

不過半刻，草屋外傳來交談聲。

「來的那兩個人怎麼樣了？」

「昏倒了，沒有半日醒不來。」

「是什麼樣的人？」

「一男一女。」

「不是兩個小子嗎？」

「有個是假扮的小子。」

老人語氣一頓，道：「我看那扮小子的姑娘手中的弓箭，不是平常之物，應該不是附近的獵戶。」

來人應聲道：「嗯，另一人手中，也有一柄不同尋常的寶劍，但獵戶不可能有這般名貴的東西。」

「那……」

「先捆起來，問明來路再說。」

兩人在別間堆雜物的屋裡找出兩條麻繩，走進主屋，打算分頭來捆韓啟和秦念。可就在他們擱下手中的利器，拿起繩子準備往兩人身上套時，韓啟和秦念忽然同時騰的起身，各持一把小刀抵在他們的脖子上。

秦念第一次遇到這樣驚險之事，方才還生怕自己失手，不能制伏對方，幸虧她反應靈敏，起身後，小刀準確無誤地抵住對方的要害。

不過，她從未經歷過此事，膽子還是有點小，握刀的手一直不停在抖，心臟也嚇得怦怦跳，看起來還沒有被制伏的人那般鎮定。

被秦念制住的人，約莫二十多歲的樣子，身著一襲深灰細布葛衣，五官端正、眉目清朗，看著不似富貴公子，但也不像是山裡的百姓。

「你們竟然沒有中毒。」

老人不可置信地盯著對面的秦念，此刻他的脖子被韓啟死死勒住，完全動彈不得。

韓啟看出秦念的緊張，站在老人身後，冷冷一笑。「我們見到你，便知道這裡有鬼。」

老人有些好奇了，是他哪裡做得不好，引起他們的懷疑？看起來他們也才十多歲，尤其那姑娘，臉那麼小，應該不過十二、三歲。

「看到我就覺得我這裡有鬼，你到底是看到哪裡了？」

秦念為消除自己的緊張，接道：「你雖然一副老人打扮，但你的眼睛，不似老人那般渾濁。還有你手背上的皮膚，看著並不像是經常做竹器的手。對了，你起身時，力氣可足了，但走路卻是非常痿弱的樣子。」裝得破綻百出。

韓啟輕笑一聲。「最重要的是，你給我們喝的茶水雖與一般茶水的顏色無異，但那味道，我一聞便發現不對勁。」

當時，秦念差點就喝下去了，還好韓啟及時阻止她。

自從韓啟到白米村認識秦念，並醫治她的毒症後，他便開始對毒感興趣，想研製出各種解藥，所以平時有空，就會搗弄搗弄。

而秦念只懂能治病的藥草，對毒完全不懂。這一刻，她倒是有了和韓啟一樣的想法，往後也要了解毒藥，這樣才能防範。

不過，這些都是之後才要想的，此刻她有更重要的事情，手中的小刀一緊。「快說，你把我哥弄到哪裡去了？」

被秦念挾持住的青年不慌不忙、不緊不慢地道：「殺了。」

「啊！」

秦念大驚，分了神，就在這瞬間，身前的青年突然抬手，輕巧地握住她的手腕，再一個轉身，挾持了她。這動作快得令人來不及反應，一眨眼，情況就反轉了。

「念兒！」韓啟嚇一跳，小刀刺傷被他挾持的人。

趁著韓啟分神之際，那人頭一側，再一個旋身，脫離韓啟的控制，再彎身撿起地上的大刀，朝韓啟劈砍而去。

韓啟迎著刀鋒，側仰避過，拔出劍鞘裡的長劍，與對方打了起來。

秦念見這人的招式十分老練，而韓啟只是少年，大概也沒有與人真正較量過，很是著急，但她被人掐著脖子，完全不能動彈。

這青年說他殺了哥哥，她心疼得險些窒息，又怕韓啟打不過對手，簡直要發瘋了。

觀戰一會兒後，秦念腦子裡突然一個激靈，手從腰間偷偷摸出一根銀針，反手刺在青年身上。

青年頓時身體一僵，掐著秦念脖子的手鬆開了。

秦念沒想到自己運氣這麼好，居然一針刺中穴位，連忙逃出青年的控制。

韓啟瞥見秦念得手，立時退開好幾步，把對手引到十丈之外。

老人見這少年年紀輕輕，並沒多少實戰經驗，但反應敏捷，身手極快，氣力也足，招式正統卻能推陳出新，他這樣練武練了十來年的武者與少年對打，竟然只能稍占上風，不能將少年打倒。

另一邊，秦念脫身後，抽出背上的羽箭，俐落地取下背上的弓，搭弓上弦，箭尖直抵青年的胸口。

「你真的殺了我哥哥？」

秦念緊盯著他，一雙黑白分明的眸子像是要燃起熊熊烈火，問出的每一個字，都是用牙齒狠狠切出來的。

青年沒想到這小姑娘用一根銀針就制伏了他，讓他全身不能動彈，幸好還能說話。「沒有，我沒有殺妳哥哥。」

秦念心頭一喜，但神情依然緊繃。「到底殺還是沒殺？」

「沒殺，妳哥被綁在那邊的山洞裡。」青年朝西邊的方向掃了一眼，現在只有眼珠子能轉，頭也完全不能動。

秦念見他並不像是窮凶惡極之徒，眼神看起來也不像在說謊，懸高的心終於放下大半，厲聲道：「快讓你的同伴放下刀，不然我的箭會刺穿你的心臟。」憑著他們方才對話的語氣，可以聽出，扮成老人的男子，身分應比這個年輕人要低。

年輕人一聲大喊。「關九！」

正把韓啟攻至下風，但又一直無法制伏韓啟的關九聽到聲音，猛地收回大刀，退開好幾步，朝秦念這邊跑過來。

韓啟也跟著跑到秦念身邊，站在她身側，橫起長劍，謹慎地防範對面兩人。

「你們到底是誰？」

「你們到底是誰？」

兩句相同的問話，分別由韓啟和青年同時喊出。

第五十二章

韓啟道：「我們打獵經過此地，你們為何要坑害我們？」

關九冷哼。「你們根本就不是獵戶。來到這裡，到底有何目的？」

韓啟說：「我們雖不是獵戶，卻是為了打獵和採藥而來。」

秦念接話道：「這山沒有印你們的名字，難道還不許我們來了？」

青年語氣平和地開了口。「看來都是誤會。小姑娘，要不，妳幫我把穴位上的針取下來，我帶妳去找妳哥哥。」

秦念搖頭。「我不相信你。你讓你的同伴帶我們去找我哥，等我看到我哥安然無恙，我再放你。」

青年想了想，對身旁的關九道：「你帶他們去。」

韓啟卻對秦念說：「我與他去就行，妳在這裡看著。」他不放心這個被秦念一針刺中穴位的青年，覺得這青年的功夫深不可測，說不定一會兒後，便能自己解穴。

秦念點頭。「你去吧，我看著他。」說著將弓握得更穩了些，目光緊緊盯著青年，不敢鬆懈半分。

韓啟雖不放心，但目前也只能這樣，臨走前又囑咐道：「他若是敢傷妳，妳動手就是。」

秦念應下。「好。」

韓啟跟著關九去了山洞，果然，秦正元被捆得結結實實地扔在裡面，嘴裡還塞著麻布，不停地蹬腳悶哼。

「正元！」

韓啟驚喜出聲，飛快跑過去，手持長劍一揮，便把秦正元身上的麻繩割斷，再將秦正元嘴裡的麻布扯掉。

「韓啟，念兒呢？」

秦正元沒有看到妹妹，著急了。

韓啟扶起秦正元。「她在外面，我們趕緊去找她。」扭頭一看，發現洞外的關九不見了，忙道一聲。「不好。」立即拔腿往外跑了。

與此同時，秦念依然舉著弓箭與青年對峙，似乎還在說話，關九守在旁邊。

趕來的韓啟見狀，看出關九並非不能解救他的同伴，而是關九他們不是壞人。這一點可以從關九與他對打時看出來，當時關九出招，招數皆只點到為止，沒想要傷及他性命。

秦念聽到韓啟呼喊，轉頭一看，見秦正元安然無恙，才放下手中弓箭。

青年問她。「妳懂醫術？」能把穴位扎得這麼準的，不是武者就是醫者，而這姑娘顯然不是武者。

秦念道：「我是通些醫術。」

青年又問：「那你們來這裡，到底要做什麼？可不要說是來打獵的，我一看就不是。」

秦念知道他們表現得不同尋常，手中沒有半點獵物和藥草，實在說不過去。

「你也不是這裡的獵戶，莫非你是山下玫瑰莊園的人？」

「是。莊園的後山可不只有我們守著，還有別人。」

秦念思索再三，說了實話。「我們過來，是想進去玫瑰莊園。」對方就是莊園的人，她也無法隱瞞他們的目的，索性說出來，想在這裡找到機會。

這青年名叫沐青，見這小姑娘不僅有膽識，說起話來比一般大人還要老到，很是稀奇。

「你們想進莊園做什麼？為何不堂堂正正地進去？」

「我哥想進莊園拜師學藝。前兩日我們一直在正門守著，想求見歐陽莊主，但莊園的人不讓我們進去，還要放惡狗咬人，實在沒了辦法，才出此下策。」

沐青微微頷首。「原來如此。」

這時，韓啟帶著趕來的秦正元跑過去。

「哥，你沒事吧？」秦念幾步奔到秦正元面前，上上下下檢查他的身體，看他有沒有哪裡受傷。

秦正元搖頭。「念兒，我沒事。」

秦念轉頭看向沐青。「你是怎麼把我哥哥弄到山洞去的？我根本沒看到你，也沒看到有腳印。」

「哈哈哈……」一旁一直不說話的關九笑了起來。「我師兄輕功了得，他的障眼法，又豈是你們能看穿的。」

這時，沐青的身體也恢復了。韓啟看著地上的銀針，顯然不是秦念取出來，而是他自行逼出來的。

韓啟看著沐青和關九。「兩位想必是玫瑰莊園的人吧？」

沐青燦爛一笑。「正是，我是莊主的四弟子，沐青。」

他之所以會對韓啟如此恭敬，是因為第一眼看到韓啟，便覺得這位布衣少年渾身上下透著一股貴氣。這種貴氣是裝不出來的，而是與生俱來，可見這少年出身不凡。這少年的樣貌也是舉世無雙，讓人一看就忍不住要恭敬些。

關九也自我介紹道：「我是莊主的七弟子，關九。」年紀看起來比沐青大，排名卻是比較後面。

秦正元見綁走他的人就是歐陽莊主的弟子，不由大喜過望，正想上前詢問，又想著沐青精湛的功夫，不免有點自卑。

秦念拱起手，對沐青道：「沐大哥，我哥是真的很想拜在歐陽莊主門下，希望沐大哥能幫忙引薦。」

沐青哈哈一笑。「引薦又有何難，但我師父收徒的要求是很高的。」

「有何要求？」秦念問。

沐青道：「我師父收徒的要求，首先就是要有一副練武的骨架。」打量秦正元一眼。「他倒是骨骼清奇，是副練武的好架子。但我師父還有一個要求，便是徒弟的家族，要麼有錢，要麼有權。」

秦念沈吟。「我家一沒錢，二沒權，那有沒有別的辦法，可以讓我哥進莊園當弟子？」

沐青搖頭。「如此的話，就沒辦法了。」

秦正元本也沒有抱什麼希望，拉住秦念。「念兒，算了吧。」

「不過，莊園近來缺花奴，如果妳哥不嫌棄的話，倒是可以進去試試。」

「不行，我哥本是良籍，怎能自貶為奴？」秦念嚴詞厲色，十分生氣，覺得沐青也太看不起他們了。

沐青忙道：「姑娘，妳誤會了，莊園裡是缺花奴，但並非要把良籍的人改成奴籍，只是招工人，但工錢比花奴高不了多少而已。」

秦正元聞言，眼睛一亮。「若是進了莊園做工，可以跟著你們學武嗎？」

沐青搖頭。「自然是不能的。」

秦正元微微瞇著眼，細想了一會兒，忽地抬頭。「沐大哥，我想進莊園做工。」

秦念本以為哥哥會憨得放棄這個機會，沒想到哥哥竟然想通了，願意藉此進莊園。反正是去做工，總比在家裡種地要強，如果實在找不到機會，出來便是。

沐青看著秦正元。「那你隨我走吧。」

「沐大哥。」秦念喊住沐青。

沐青看向秦念。

秦念問：「你為什麼要幫我們？」這一切都發生得太不尋常，讓她還有點雲裡霧裡，不敢相信。

沐青輕笑一聲。「師父常說我的資質在眾師兄弟中是最好的，平常也無人奈何得了我，卻沒想到，今日我居然栽在妳這樣一個不通武藝的小姑娘手上。」

秦念掄起手臂。「我懂些武功的。」

韓啟附耳過去，低聲道：「就妳那三腳貓的功夫，在他面前不值一提。」

秦念臉一熱，心道韓啟說得對，沐青能在瞬間把哥哥帶走，那功夫不是一般人能比的。

韓啟恰好也在想這事，喃喃道：「看來我這個井底之蛙，得要好好練武了。」

他的聲音雖小，但習武之人耳聰目明，沐青聽到了他的話，轉臉對他一笑。「你這般小的年紀，有如此功夫，已是難得。」語氣一頓。「你不想進莊園跟我師父學武嗎？」

韓啟哪裡不想，當年他隨母親一道去玫瑰莊園小住，幾回碰到歐陽莊主練武。後來他問母親，能不能跟著歐陽莊主習武，但母親沒答應。

「我不想去。」韓啟違心地說出這四個字後，拱手對沐青道：「沐大哥，我們也算是不打不相識，希望正元進莊園後，能得您多多關照。」

沐青笑道：「我既然有心讓他進莊園，自然是會關照他。」說著斂起笑容，肅然道：「不過，他能不能成為我的師弟，就得靠他自己了。」

秦正元上前，對沐青深深地拱手行禮。「小子多謝沐大哥照拂，不論將來能不能成為歐陽莊主的徒弟，小子都會感念沐大哥的恩德。」

沐青又笑了起來，用力拍秦正元的肩膀。「小子，走吧！」

秦念與韓啟並肩站在一起，目送秦正元一步三回頭地隨沐青和關九朝玫瑰莊園走去。

「啟哥哥，沒想到今日這麼順利就讓哥哥進了玫瑰莊園。」

韓啟咋舌。「我們險些中毒，又與他們打起來，發生這麼多事情，妳還覺得順利？」

秦念笑道：「雖費了些波折，但我們並無損傷不是嗎？」

韓啟想了想，點頭。「那倒是。」

直到完全看不見秦正元的背影，秦念才開口道：「我們回去吧。」

韓啟看著山下的玫瑰莊園。「妳就放心讓妳哥哥這樣進莊園，不怕那個叫沐青和關九的是誆我們的？」

秦念搖頭。「不怕。」如果不逼著哥哥邁出這一步，哥哥極有可能會被留在白米村。

她之所以會有這樣的擔心，是因為前世時，她要去縣城嫁給康岩的那一年春日，哥哥在村裡媒婆的極力撮合下，與白米村的姑娘成了親，還是女方家的贅婿，過得十分不好。

她不能再讓這樣的事發生了。

第五十三章

送走秦正元後，秦念和韓啟轉身沒入深山密林，一路往白米村的方向走。許是心情好，運氣也好極了，秦念還在山谷中覓得兩株人參。

韓啟看過後，驚喜萬分，這兩株生在一起的人參皆有上千年的年分，若能找到合適的買主，賣十幾、二十幾個金餅不是問題。

秦念卻打算把這株千年人參用在母親身上。這兩、三年，母親過的日子實在太苦，身體虧損嚴重，雖說這幾個月飲食好了些，平時她也會熬些藥湯給母親喝，但要補回元氣，非得用這千年人參才能見奇效。

另外還有一株，她要送給韓醫工，而且定要讓他收下，這樣她才能安心跟著他學醫。

韓啟聽得秦念這一席話，被秦念的善良深深感動。這兩株千年人參是能改變秦念命運的，若是換作他人，哪捨得用來給母親治病，還要送一株給師父，就算是豪門世族，怕也會掂量幾分。秦念如此做法，比起豪門那些人都闊氣許多。

難得進這麼深的山，兩人又耽擱兩日，採了不少好藥材。這一路沒有打獵，遇到溪水便抓幾條魚來吃，把工夫全花在採藥上。

回到白米村時，兩人收穫滿滿。

韓啟先把秦念送回去，才回自家院子。

這些天一直擔憂兒女的秦氏見到女兒安然回家，且身上沒少一塊肉，沒受一丁點傷，提著的心頓時放下不少。

見秦念臉上一直掛著歡喜的笑容，秦氏便料到兒子這番去玫瑰莊園的事情算是成了，遂追問一番。

秦念揀著舒順的事情跟母親講，至於差點被沐青和關九下迷藥且哥哥被綁之事，便略過不提。

另一邊，韓啟回家後，將秦念執意要送的那株千年人參交給韓醫工。

韓醫工本來猶豫著想推辭，但聽韓啟說了來龍去脈，明白秦念這是鐵了心要送的，乾脆攢著，往後誰若是有困難再拿出來，倒也是好事一樁，於是欣然接受。

第二日一早，一夜好睡補足精神的秦念洗漱過後，去了廚房。

秦氏正把柴火架在小灶上，準備開小鍋煮粥米。

「娘，您去歇著吧，早飯我來做。」秦念推著母親。

「妳這孩子，在山裡待了這些天，也累著了，還不去多睡一會兒，早飯為娘做就成。」

「娘，我想做羹湯，還是我來吧。」

秦氏見女兒有自己的想法，也就不再多說，擦了把手，出了廚房。

秦念取出三腳鼎洗淨，放入前些日子在山裡採的雪耳，再加幾顆紅棗。廚房裡還有新鮮竹筍，想必是繼父一大早去山裡挖來的，切了些入鍋，下冰糖，舀水進去，最後放了幾片千年人參。水開後慢火熬上小半個時辰，湯汁變得黏稠，便離了火。

人參的事情，秦念沒打算告訴母親，她很明白，若母親知道這湯裡的料是千年人參，會罵死她，絕對捨不得吃這麼好的東西。她打算接下來每日按量替母親做人參湯，想來母親的身體很快就可以健壯起來。

秦念把羹湯端到秦氏屋裡，秦氏喝到底，才發現裡面有幾片像是參類的東西，問她。

「這是何物？」

「是藥草，吃了補體力的。」

秦氏心想，女兒時常幫她熬藥湯，她也不太懂藥草，於是不再過問，將裡面的材料一一吃了下去。

秦念看著母親吃完後，才收拾碗出來，進了廚房吃餅子。

粗麥粉做的餅子，放了些菜葉，簡簡單單，卻容易吃飽。她之所以要吃得飽些，是因為她要去玫瑰莊園一趟，看看能不能見到哥哥。

她要確定哥哥是安全的，不要真像韓啟說的，被沐青和關九誆了，這樣她才能安心做自己的事。

如果哥哥那裡順利，她再送藥草給濟源醫館。這兩日在山裡採的藥草，有些無須曬乾，直接拿過去就好。

吃過早飯，秦念又包了四塊肉乾，準備出門去找李二叔，讓他一起到韓啟那裡牽牛車。可才剛出門走幾步，便被躲在樹下的康震攔住了。

康震嬉皮笑臉。「念兒，妳哥昨日沒回來，他去哪裡了？」

秦念將早已準備好的託詞說出來。「去外地做工。」

康震哼笑，滿臉不相信。「上回妳說妳哥去了縣城，結果是把我叔叔喊回來，這回又說去外地做工？」

秦念笑。「那你覺得呢？」

康震一時語塞，還真想不出秦正元會去哪裡，好一會兒後才道：「念兒，妳哥到底去哪裡了？」

秦念冷起臉。「剛剛不是說了嗎，去了外地做工。」

「那是去哪裡做工？」

「關你屁事。」

秦念說罷，便繞道要走，康震不好再攔她，只得看著她往前走去。

秦念去了李二叔家，李二叔恰好在，聽說秦念要去鎮上，連忙換了身乾淨衣裳，跟著秦念出門。

他們一道去韓家，韓啟不在，韓醫工便幫著李二叔把牛牽出來，又仔細地檢查車輪，見沒有什麼問題，才讓秦念坐上去。

韓醫工與秦念相處久了，不知不覺中，已經把秦念當成自己女兒一樣看待。

李二叔趕著牛車出村，路上秦念說起哥哥去了玫瑰莊園做工，但絕口不提哥哥是為了學武，才去玫瑰莊園。

為不讓康家人知道哥哥的去向，她還特意交代李二叔，切莫在村裡提這件事。

李二叔拍著胸脯保證，就連他的家人，他也不會說的。

就在他們剛剛離開村口那座橋時，有人鬼鬼祟祟地出現在橋上，追著牛車跑去。

這人將要跑過橋之時，一條人影閃身而至，執著一柄亮晃晃的寶劍擋在他面前。

「康震，你這是要去追念兒嗎？」韓啟厲聲問道。

康震看著面前的韓啟，朝日之下，兩道英挺劍眉微微挑起，唇角泛著淡淡的冷笑，暖色金光打在他身上，周身卻彷彿散發著一道道森冷寒氣，透骨入髓。

「我、我沒有要去追念兒。」

「沒有就好。我有點事找你，咱們回村聊聊。」韓啟收回長劍，抱在胸前，笑得不羈。

康震眼見牛車已經不見了蹤影，急道：「我有事要去鎮上呢！」

韓啟走近他，頭微微一昂。「有事也不要去了。昨日我在北邊坡上見到一頭黑熊，你有沒有膽子與我一道去獵？」

「黑熊！」康震聞言，心底一怵，剛想搖頭拒絕，但又覺得自己堂堂一勇猛男子漢，怎能表現如此差勁，連去看一眼的膽子都沒有。

韓啟見他猶豫，輕笑一聲。「你莫不是怕了吧？若是怕就算了，我一個人去。」說著就要走。

康震忙挺起脊梁，大喊一聲。「誰說我怕了，區區一頭黑熊而已，老子還想著，好久沒有吃到熊掌了！」轉身跟上韓啟。

韓啟抱劍往前走著，暗暗低笑一聲，帶著康震，去了北邊坡上。

另一邊，出了村子的秦念和李二叔，不久後便駕著牛車，到了玫瑰莊園。

李二叔是知曉玫瑰莊園的，但像他這樣的窮苦人家，哪有閒到這種風雅之地來，平時偶然說起，也只與人說那是皇家貴胄所去之地，他這類人還是避而遠之的好。

到了大門，秦念從牛車上跳下來。

這回她沒有扮男裝，而是一副小女兒家的模樣，頭上梳了雙髻，髻上各綁著一條紅繩，還穿著新衣裳，雖不是什麼好料子，但也顯得乾淨整齊，不似上回那般狼狽。

還是上回那位守門人開的門，並沒有看出這個可愛俏麗的小姑娘就是上回男兒打扮的傻小子，但瞧著有點眼熟，總覺得在哪裡見過，不由心生好感，但還是面容嚴肅地問話。

「小姑娘，妳找哪位？」

秦念自荷包裡掏出早就串好的二十銖錢，遞到守門人手中，咧著嘴笑道：「叔叔，我是來找我哥哥的，前兩日他到了莊上來做工。」

守門人瞄了手中的銅錢一眼，掂了掂，聽著銅錢撞擊銅錢的脆響，心情甚好，眉眼間不覺鬆開來，和顏悅色地問：「小姑娘，妳哥哥叫什麼名字？」

「秦正元，他是由歐陽莊主的四弟子沐青沐大哥推薦進去的。」

守門人一聽是莊主愛徒沐青推薦進去的，頓時彎了腰身，對秦念恭敬起來。「姑娘，妳且等等，容奴進去問一問。」

秦念抿唇笑著嗯了聲。

第五十四章

許是因為莊園大，秦念等了約莫小半個時辰，才等來消息。

守門人對她道：「姑娘，妳哥哥正在花田裡幹活，那處離這裡有些遠，且做工期間不得離開，怕是沒辦法來見妳。」

秦念聞言，懸著的心頓時放下，好歹沐青和關九不是騙子，哥哥的確進了莊園做工。

不過，她有一個心願未了，於是又問他。「我想問問，這莊園的玫瑰花，是否可以賣給別人？」

守門人搖頭。「沒有。這裡的園子多是供給縣上和京中的貴人遊玩，哪能採摘。」

秦念側首看著遠處一眼望不到邊的花田。「這麼多花，若花瓣直接掉了，豈不可惜？」

守門人道：「掉了就成花肥，哪會可惜。」

秦念聽了，突然取下纏在腰上的荷包，小手往裡面一掏，想了想，索性把整個荷包遞給守門人。

「叔叔，我想請您幫個忙可好？」

守門人想著，這小姑娘所要求的應該不是什麼大事，而且手上的錢分量不輕，便問：「姑娘還有什麼事？」

秦念自懷中掏出一只小半個巴掌大的小陶瓶，遞給他。「你嚐嚐這個。」

守門人接過小陶瓶，看了一眼，又打開木塞輕嗅，一股甜香入鼻，卻是他從未聞過的誘人味道，不等秦念多說，便仰脖將小陶瓶裡的黏稠膏糖倒入嘴中，一股甜而不膩的桂花香和梨子、冰糖清甜的味道立時漫開來。

守門人很驚訝，嘖嘖道：「這等好物，怕是從京中來的吧？」他見多了貴人，一般也只有貴人才會有這等好物。

秦念搖頭。「這是我自己做的。」

見守門人瞪著眼看她，一副不相信的模樣，秦念轉身回到牛車邊，從牛車上抱下兩個罐子，再走到他面前。

「叔叔，這是我親手熬製的桂花梨膏糖，請您幫我送給你們莊主，可行？」

前些日她一念之想，在梨膏糖中加入桂花熬製，發現味道和藥效更佳。她擔心楊氏會去她家偷錢，再順手牽羊帶走她做的膏糖，平日都是把膏糖存放在韓啟那裡的。這回她將存下的十幾罐桂花梨膏糖拿出來，打算送去羅禧良的濟源醫館。

守門人一聽是要送給莊主的，忙將剛準備揣進袖子裡的荷包和吃了一小口的桂花梨膏糖遞還到秦念面前。

「不成不成，我這等小人，哪有臉與莊主搭上話。」

秦念不接荷包和小陶瓶，問道：「叔叔，你在這莊上，應該有些年頭了吧？」

守門人伸著手嫌累，又見秦念雙手抱著罐子，便把手收回來，點點頭。「是啊，我五歲被賣進這莊子，已經三十年了。」

秦念心道，這人瞧著大約四十多歲，原來只有三十五歲，看來待在莊園裡討生活，也是不容易。

「叔叔，你在莊上這麼多年，一定認識伺候莊主的人吧？你只需把這兩罐膏糖交給他，讓他幫著送給莊主就成。」

守門人心道，這姑娘看起來年紀小，卻是聰慧，竟能想到這一層。

「妳讓我送這兩罐膏糖，所為何事？」

「我想買這裡的玫瑰花瓣，做成玫瑰膏糖。」秦念低頭看手上的膏糖。「就跟它們一樣。」頓了下，又說：「希望你託付的人能幫我在莊主面前開尊口，讓莊主知道我的心意。」

守門人瞇著眼。「這兩罐膏糖真是妳做的？」他不相信，這麼一位小小姑娘，能做出這種只有宮廷才有的上等零食？

秦念點頭。「是的，剛剛你所嚐的桂花梨膏糖，裡面不僅僅只是桂花、雪梨加老黃糖，我還添加了十多味中藥，食用後可清心潤肺、止咳化痰，常人吃了，也可以強身健體，滋養五臟肌膚。」

方才守門人吃了一小口，便覺得喉嚨格外舒服，滋潤心肺，便點頭。「那我試試吧。」

不過是送兩罐膏糖，且不說這兩罐膏糖的確是珍品，就衝著這小姑娘給的錢，他也不能不辦這事呀！

於是，他先把手中的小陶瓶和荷包一併揣進袖中，再伸出雙手，小心翼翼地接過秦念手中的兩罐膏糖。

「小姑娘，這事我就幫妳辦了。」

秦念喜道：「那我後日再過來，叔叔若能碰到我哥，麻煩也跟他說一聲。」

守門人點頭應下，關了門。

這趟玫瑰莊園之行，比秦念預期的要順利，她回到牛車上，樂得哼起歌來。

李二叔也替她和她哥高興，但他知道這莊園裡的玫瑰花都是賣去縣城和京城的，莊主會答應賣花給她嗎？

「念兒，萬一莊主不肯把玫瑰花賣給妳，妳要怎麼做？」

在李二叔眼裡，秦念是個非常神奇的孩子，好像沒有她不能解決的事情。這回他倒要看看，萬一那兩罐膏糖沒有送到莊主手上，又或是莊主嚐了無動於衷，不願將玫瑰花賣給她，她會如何解決。

秦念仰躺在牛車上，臉上覆著紗帽，以此來擋住正午的烈陽，挑著眉想了想，還真想不出來。

但她心情依然很好，淡然回答道：「萬事總能想到其法，到時再看是因何緣故讓莊主不賣花給我，再想對策。」

其實，相比之下，她更期待能見到哥哥，好知道他在莊中的情況。

到了鎮上的濟源醫館時，已是午後，醫館門外的招牌上寫著，此時醫工沒坐診。

秦念這才想起，羅禧良只有上午才坐診，晚上在醫館可以敲門。至於下午他去了哪裡，卻是不知。

其實她的記性非常好，只是心裡一直掛著哥哥的事，竟然忘了羅禧良不在醫館。

不過也沒有關係，醫館的門是開著的，店裡的夥計正在櫃檯下打瞌睡。

「送藥材來了！」

夥計聽見了，也不睜眼，迷迷糊糊地張嘴說道：「醫工不在店裡，本人醫術不精，我家公子不讓我看診，請晚上再來。」

「我送藥材來啦！」秦念把聲音提高了些。

夥計睜開眼，一見竟是秦念，慌張地一骨碌站起來，摸著後腦勺，尷尬笑道：「是念兒姑娘來了呀！」

這夥計長得比秦念稍微高點，年紀也比秦念大些，但他一見著秦念，就覺得自己差了一大截，不覺變得畢恭畢敬起來。

秦念問道：「你家公子下午是在家裡歇息嗎？」

這醫館後面就是個小小宅院，據她所知，羅禧良住在這裡，想著若是能把他叫來，也好讓他親自過目她在深山裡採的好藥材。

夥計搖頭。「我家公子出診了，太陽落山才會回來。」

「出診？」

「念兒姑娘，妳不知道吧，我家公子之所以下午不在醫館，是因為他吃過午飯後，便去其他村子幫人看診。」

「原來是這樣。你家公子還挺勤奮的，想來出去看診，賺得更多吧！」

夥計知道她小瞧自家公子了，連忙解釋道：「念兒姑娘，我家公子可是個大善人，他出去看診，但逢窮苦人家，都是不收診金的，唯有到財主家才會收得豐厚些。」

羅禧良不是傻瓜，但逢大財主，他開的口可是極大，這樣才能平衡醫館的收支。

秦念一直覺得羅禧良是非常散漫的人，開了醫館又時常不在，導致病人白跑一趟，可原來他是到其他村莊看診，還是個劫富濟貧的大俠，頓時覺得以前錯看他了，心裡過意不去。

「既然他不在，那你先幫著把藥草收起來，記個數就行。」

夥計應聲，從櫃檯裡出來，跟著秦念去外面，與秦念一道把裝著滿滿藥草的竹簍抬下了牛車。

秦念順便問道：「上回那位帶小孩來看診的小娘子，她的孩子後來怎麼樣了？」

夥計一直把這事掛在心上，忙道：「我正要與妳說呢！妳替那小娘子的孩兒看過診後，她拿著藥材回去，照妳開的方子餵孩兒吃藥，不過幾日便好了。後來又過來，說是要感謝妳，可妳不在，我便照妳說的，再取了些調理的藥給她。」

秦念點點頭，這才放心了。

第五十五章

他們剛抬著竹簍進醫館，一位穿著補丁麻衫的年輕男子著急地掀簾進來。

「醫工，醫工在店裡嗎？」

夥計本想板著臉說話，但之前羅禧良教訓過他，讓他待人溫和些，於是軟下臉，溫聲道：「醫工不在，要晚些時候才回來。」

男子聞言，慌了神，一副要哭的模樣。「那怎麼辦？我家娘子難產，怕是孩子跟大人都要不保了。」

「啊?!」夥計一聽也慌了，這可是人命關天的大事。他自小在縣裡的醫館長大，聽得最多的就是女人生產，九死一生。

秦念忙問道：「你是哪裡的人？」

男子指著外面。「我家在鎮上，過一條小巷就到。」

秦念又問：「這鎮上難道沒有穩婆？」

「請了穩婆，穩婆說大人和孩子都沒得救了，許是怕擔事，人都走了，只剩下我娘子一個人待在家裡。」

秦念看著夥計。

夥計忙擺手。「我不行的，平常病人一點頭痛腦熱，我家公子都不肯讓我看，我也看不了。」他愚笨，只會做些抓藥的活計。

男子急得蹲下身子，捶胸大哭起來。「天啊，我娘子才十八歲呀！我們兩年前成親，去年好不容易有了自己的孩兒，卻沒想到，她會因此而丟了性命。若是她死了，我活著還有什麼意思！」

秦念一眼掃過藥櫃，對夥計說：「我去他家看看，得在你這裡取些藥。」

夥計見識過秦念診病的手段，鬆了口氣，忙道：「好好好，念兒姑娘請便。」但看著秦念那巴掌大的臉，還是個沒長開的女孩子，不由又提起心。「念兒姑娘，生孩子可不比平常病症，須得有些經驗的。」

男子聽聞秦念要過去，忙站起身。「姑娘懂接生？」

秦念搖頭。「我沒接過生。」

男子又要哭了。

秦念道：「我去看看，或許能幫得上忙。」

夥計也在一旁說：「死馬當活馬醫。」

男子聽夥計這般說，覺得也有道理，若是沒人去救，那他娘子就死定了；若是去了，萬一救起來了呢？便急忙點頭。

「姑娘，有勞您了。」

秦念開藥櫃取了藥，夥計又給她一個備用的藥箱，說裡面有剪子、紗布和止血之物，還有一套銀針。

說起銀針，秦念其實並不精通，韓醫工擅長湯方，但因眼力不好，對於拿穴扎針之術多有不便，就沒有教她這些。

但秦念在醫書上看到取穴之法，韓醫工那裡恰好又有一套閒置的銀針，還有學取穴的人偶，她無聊時便拿來扎著玩。那日緊要關頭，她一針扎中沐青要穴，是她運氣太好。

秦念跟著男子去他家，夥計擔心秦念，便關了醫館門，跟著一道去，還幫秦念提沈重的藥箱。

三人來到一處極為簡陋的棚屋前，便聽到裡面傳來微弱的痛喊，且聽著氣力越來越小。

男子聽見自家娘子的聲音，心好似萬箭穿過一樣的痛，拔腿跑進去。

秦念也加快腳步。

陰暗的小棚屋裡，一位瘦小的小娘子挺著大肚子躺在殘破的床榻上，滿頭大汗地看著床邊的夫君，又扭頭看秦念，頓時露出失望的眼神，撇過臉朝向裡面，完全一副放棄自己，準備等死的表情。

秦念顧不得多說什麼，見床邊有個木盆，盆裡全是血水，腥氣沖天。

「家裡的灶是燃的嗎？」

男子點頭。「是燃著的。」

秦念道：「有熱水吧？趕緊打一盆過來。」

男子連忙起身，端起腳邊的血水出去。

秦念走到產婦身邊，開始仔細檢查產婦身下，見宮口開著，露出一團黑乎乎的東西。

她沒有幫人接生過，但憑著醫書所說，這團黑色之物，定是胎兒的頭髮了，這也說明，胎位是正的。

既然胎位正，為何產婦生不出來呢？

她起身檢查產婦的肚子，又仔細看了產婦慘白的面容，立時斷定，這正是醫書上所說的子宮陣縮無力而難產，幸好備了藥來，遂掀開草簾，吩咐屋外的夥計。

「你趕緊拿出十個我放在藥箱裡的蓮子，煮水再沖入黃酒。用急火，一定要快。」

夥計雖學藝不精，打下手卻是俐落，連忙拿了東西跟去了屋角的廚房。

廚房裡，男子急急洗淨了盆子，打了熱水，剛剛也聽到秦念所說，連忙告訴夥計。「鍋子都是洗乾淨的，水在灶邊，辛苦小兄弟了。」

夥計點頭。「你快端水去吧，這裡交給我。」

在屋裡的秦念見產婦連哼都不想哼了，眼睛也閉上，心道這產婦怕是鬱氣要上頭了，連忙跟她說話。

「妳想不想把孩子生出來？」

產婦本就無力，見來的是個小姑娘，連話都不想多說了。

秦念卻不想放棄。「妳的胎位是正的，這症狀是因妳平時身體就不好，氣血過虛，導致宮縮無力。妳把這幾片人參吃下去，就會有力氣的。」

產婦一聽，這話說得很有理，她的確從小身體虛弱，看來這小姑娘不是來玩的，便把頭轉過來，見秦念的手伸到她嘴邊，手上有幾片切得薄薄的東西，透著淡淡的藥香。

「這是人參，吃下便有力了。待會兒蓮子湯端來，妳就喝下，蓮子湯有活血之效，催生效果奇佳。」秦念說著，把指間的人參塞進產婦嘴裡。「嚼了吞下。」

此刻，秦念很慶幸自己為了防範楊氏進屋搜東西，隨身帶著千年人參。

男子也端著熱水進屋，夥計隨即在外說蓮子湯煮好了，男子索利地把湯端進來，餵給產婦喝。

這時，產婦非常配合，喝下湯汁，又將蓮子吃下去，臉上很快便有了些血色。

秦念問產婦。「可感覺有力些？」

產婦點頭，覺得好神奇，吃了那麼點東西，力氣就上來了。

「那開始吧！妳要將力氣蓄滿，我說讓妳使力，妳才使力。妳一定要對自己有信心，妳的孩子已經見著頭了，很快就能出來的。」其實過了這麼久，她也不知道胎兒是不是還好，但只要產婦能生下來，起碼可以保得住產婦。

秦念準備了一把剪刀，再問產婦一次，確定她好轉之後，咬牙大喊一聲——

「用力！」

產婦一咬牙，使上力氣，秦念看著胎兒頭往外推，但還是出不來，便狠下心，一刀剪了會陰口。

沒了阻力，胎兒的頭順勢滑出，秦念急忙把胎兒拉出來。

嬰兒的大哭聲響起，秦念激動萬分。天啊，她竟然成功了！

把男嬰交給父親，秦念從藥箱裡拿出針線，幫產婦縫會陰。

幸好上個月韓醫工讓她試著幫村裡一位被鋤頭割傷的村民縫過傷。她學東西快，手也巧，又有過經驗，不一會兒便縫好了。

第五十六章

待到秦念忙完產婦的事，淨了手，便掀簾出了棚屋。

秦念抬眼一看，候在屋外的不僅夥計，還有羅禧良和他的護院屠三。

羅禧良躬身，對秦念拱手。「念兒姑娘，今日幸虧妳在這裡，不然……」

秦念抹了把額上的熱汗，淡淡笑了。「是這家小娘子吉人有天相，也是我運氣好，她的狀況不是那麼糟。」

羅禧良道：「念兒姑娘總是那麼謙虛。妳小小年紀竟能幫人接生，可是天大的本事。」

這時，棚屋外圍了不少婦人，是過來看熱鬧的鄰居，交頭接耳，都在誇讚秦念小小年紀居然比穩婆還懂接生，活了大半輩子，從未見過此等能人。甚至有人說，秦念長得如此伶俐漂亮，還懂接生，定是下凡到人間來的仙女。

這家的男人把孩子放在娘子身邊後，從屋裡出來，走到秦念面前，猛地雙膝跪下，再伏地一拜。

「姑娘，妳可是我們家的大恩人，是再世的活菩薩。」

秦念連忙扶起他。「快去替你家娘子煮點湯水，好讓你家娘子喝了，早些下奶。」

男子點頭應聲。「好，好，我這就去。」

秦念看著這麼多人，有些尷尬了，對羅禧良道：「今天我送藥材來，回去清點吧。」夥計和屠三聽了，連忙上前，幫自家公子和秦念清出一條路來。

回醫館的路上，羅禧良對秦念道：「恰好今日我回來得早些，便見李二叔在醫館外，他說妳去幫人接生，我還真不敢相信妳能做得來。」

秦念笑道：「其實我也是第一次，一開始也不敢，但若是不去，那小娘子怕是會一屍兩命了。」

羅禧良一臉佩服地又拱起手。「念兒姑娘當真有膽識。」

秦念淺淺一笑。「羅醫工謬讚。」

羅禧良突然正色看著她。「念兒姑娘，我還是想請妳到醫館來坐診。午後我不在醫館，妳只需每個月抽幾日過來，於這鎮上的人來說，便是天大的好事。像今日，要不是妳，那產婦定會沒命。這於妳來說，也是個歷練的機會。」

秦念細細思量著羅禧良所說的這番話，覺得十分有理，但不能答應得太快。

「這事得容我回去與師父商量，畢竟我還在學醫，得聽聽他老人家的意思。若他覺得我有這個能力來鎮上坐診，我便來。」這也是對韓醫工的尊重。

羅禧良見她沒有拒絕，心中一喜，忙道：「念兒姑娘當真是位有仁有德的女子。」

醫館外，在牛車上等待的李二叔見到秦念和羅禧良有說有笑地從巷子口出來，頓時鬆了口氣，自言自語道：「看來，念兒又辦成了一件天大的好事！」

秦念進了醫館後，羅禧良忙吩咐夥計給她烹茶，還讓他去廚房拿些食物給秦念。

秦念沒有拒絕，方才她一直緊張著，這時放鬆下來，的確是又渴又餓。

李二叔幫著把藥材搬下來，秦念要去清點，羅禧良卻道：「念兒姑娘先歇著，屠三去點就好了，到時把數目拿來給妳看。」

屠三和夥計一起清點藥材，羅禧良看著，驚道：「念兒姑娘，這些藥材可都是難得的好藥呀，莫非妳進了深山？」

秦念點頭。「嗯，去了幾天，採了這些藥，有的得等曬乾再拿來。」

羅禧良的好奇心又起。「妳是同妳師兄一道去採的？」

秦念又點頭。「是啊！」

羅禧良看著她精緻的小臉上泛著一抹暖暖甜甜的笑容，心裡莫名的有點酸。

不行，下回他得去白米村一趟，會會秦念的師兄，看到底是何方神聖。

秦念吃過夥計烹來的茶湯和點心後，將她做的桂花梨膏糖打開來，讓羅禧良品嚐。

羅禧良嚐過後，歡喜道：「念兒，我正要與妳說這件事。」

秦念傾身，一副洗耳恭聽的模樣。

「妳上回拿來的梨膏糖和桂花膏糖，我拿去了縣城的醫館，不過兩日，便一售而空，我父親要妳幫忙多做一些。」羅禧良說著，看擺在案桌上的桂花梨膏糖。「這膏糖比先前的又要好些，待明日我讓屠三送去縣城，我父親一定會很喜歡。」

秦念見自己做的膏糖深受縣城大名鼎鼎的羅老醫工喜歡，為自己自豪。「行，那我接下來多做一些。」

她想著，做膏糖耗時費力，不如在村裡請些婦人幫著做，還可以為村民添些進項。

待羅禧良把錢結算給秦念，秦念準備打道回村，羅禧良又喊住她。「念兒姑娘，前幾日有人送來一批料子，我一個大男人也用不上，索性送給妳算了。」

他說著，對夥計使眼色，夥計連忙將櫃檯下的大包袱拿出來。

秦念不等夥計把包袱送到跟前，便搖頭道：「不成不成，這布料，你還是留給你家人，我不需要。」說著就往外走，上了牛車。

這時，屠三正在替牛車放燈籠，羅禧良連忙從夥計手上接過包袱追出去，將包袱擱到牛車上。

「念兒，我家人用不上這些料子，妳拿回去。」見秦念還想拿起包袱跳下車，忙道：「這料子放在這裡許久，再放下去，都快生蟲，不如妳收下，替自己做衣裳或是送人都成。」

接著，他走到車頭，對李二叔說：「李二叔，快帶念兒姑娘回家吧，天都黑透了。」

李二叔心裡想著，秦念這傻丫頭碰上這好事還想推掉不要，於是趕緊在牛身上抽了一鞭，牛車起步。

秦念抱著包袱，有點無措了。

第五十七章

牛車到了白米村的橋前，兩盞燈光隱隱照出一條俊挺身影，正是抱劍倚在橋旁大樹下的韓啟。

韓啟一躍跳上牛車，坐到秦念旁邊。「念兒，今天不順利嗎？怎麼這麼晚才回來？」

暗夜裡，秦念可見他微微蹙起的俊眉下，一雙星眸布滿擔憂。

「很順利，沐青和闞九不是騙子，他們把我哥安排進去做工了，不過我沒有見著他。」

秦念心情極好，又想起下午幫人接生之事，便說給韓啟聽。

秦念說完，李二叔還接連誇了好幾句。

韓啟腦海裡幻想出小姑娘幫產婦接生的情景。「難得人家會讓妳試。」

「不接生就是死，人家只能讓我試試了。」

韓啟撫了下秦念的頭。「真是難為妳了，年紀這麼小，就要去做這麼難的事。」

秦念語氣淡淡。「這於我來說，恰恰是個極好的學習機會。」

這時，韓啟的手碰到包袱，感覺軟軟的，像是布料，於是又問：「這回又買料子，打算給誰做衣服啊？」

「這料子是羅醫工送的。」

「羅醫工……送的。」

上回韓啟套問過康琴關於羅禧良的事，得知羅禧良是個俊秀的公子哥兒，衣著不凡，有貌有禮。

秦念突然覺得，韓啟這語氣有點酸，心裡莫名像是灌了蜜一樣的甜。「是別人送給他的，他說他用不著，就塞給我了。」

李二叔又接話道：「念兒這孩子也太實誠了，非不肯要，後來還是羅醫工親手送到牛車上來的。」

還親手送到牛車上，這該有多熱情呀！韓啟本來還沒有那麼酸，一聽李二叔這話，心裡立時酸得跟吃下山裡還沒熟的野果子一樣了。

韓啟把秦念送到家時，碰上康琴，她正與康有田說話。

「叔叔，你瞧見我哥沒有？晚飯也沒回來吃，不知道野到哪裡去了。」

康有田嘆了一聲。「唉，這孩子真是沈不下心來好好種地。妳爹爹去了外地做工，我還尋思著教他一些種地的本事，他倒好，一整日都見不著人。」

康琴很失望。「看來叔叔也不知道我哥去哪裡了。」說著，又探頭朝秦念的屋子一望。「那秦念回來沒有？」

康有田往院門一看，指著秦念。「這不是回來了嗎？」

康琴轉身，見秦念和韓啟比肩站在一起，心裡頓時像是打翻了五味醋。但見著韓啟，她還是不能表現得太無禮，於是上前幾步，嬌聲問道：「啟哥哥，你見著我哥了嗎？」

「妳哥呀？我不知道。」韓啟難得有了好語氣。

秦念卻看出端倪，覺得韓啟這話說得支支吾吾，神情也有點怪，顯然隱瞞了什麼。

但她也不多說，只對韓啟道：「啟哥哥，夜深了，你早些回去歇息吧。」

韓啟跟康有田和秦氏打個招呼後，便轉身出了院門，快步回家。

康琴見韓啟走了，也不逗留，回了自己家。

秦念本來還想著趁康琴走了，去追問韓啟關於康震的事。但她奔波一日，下午又因接生，整個人繃得死緊，此刻回到家，覺得疲累不堪，只想吃完飯後早點睡覺，所以就算了。

康震的事情，明日再問韓啟吧！

秦氏接過秦念手中的包袱，進了屋裡，在油燈下展開一看，頓時驚呼。

「這麼好的錦緞，得用金子來買呢！」

秦念嚇一跳，忙讓母親好好保管這料子，她斷斷不能收下這麼貴重的禮物。

次日，秦念去韓家，跟韓醫工說了羅禧良讓她去醫館看診之事。本以為師父不會讓她去，沒想到師父竟也覺得這是一件天大的好事，於她來說是個好機會。

但秦念想著，她還是要以學醫為重，於是打算明日去鎮上跟羅禧良商量，每個月抽出七天，去醫館坐診。

與韓醫工談妥這件事後，秦念把韓啟拉到一邊。

「啟哥哥，昨天康震一整夜都沒有回家，不會出了什麼事吧？」

雖然秦念很討厭康震，但她不希望康震出的事與韓啟有關，她非常清楚康震是什麼樣的人，擔心韓啟引火上身。

韓啟凝眸思忖片刻，忽地捉住秦念的小手。

「我帶妳去一個地方。」

村北往深處走兩里路，是一處狹窄的山坳，因山勢險阻、古樹參天，加之戰亂時被當作亂葬崗，陰氣逼人，平時鮮有人跡。

韓啟帶著秦念進了密林，一路上格外小心，生怕秦念傷著。

「救命呀！救命呀！」

秦念在韓啟身後頓住腳步，驚道：「康震的聲音。」康震還活著，沒有因為韓啟而死，讓她鬆下一口氣。

不過，與康震的呼救聲相間的，還有一道道不耐的野獸叫聲。

「走吧，帶妳看齣好戲。」韓啟滿臉得意的模樣。

穿過層層密林屏障，韓啟領著秦念躲在一棵大樹之下，看到前方不遠處，正有一頭大黑熊，不停用頭頂著另一棵大樹。

康震正無力地掛在樹枝上，不敢下來，只得不停呼救，聲音已近乎絕望。

秦念悄聲問韓啟。「你怎麼知道他在這裡？」大致能猜到一些。

韓啟道：「昨日他想尾隨妳去玫瑰莊園，被我截住，把他誆到這裡來的。」

「啊！」秦念心驚。「那他豈不是從昨天上午一直困到現在。」

韓啟點頭，唇角噙著笑。「正是。」

秦念看著樹枝上的康震，心裡也覺解氣，想著前世康震的手不知染了多少人的鮮血，就覺得此刻讓大熊吃了他才好，免得往後禍害他人。

但不管怎麼說，這世康震還沒有做出大逆不道之事來，而且是韓啟把他帶來的，若康震真死了，那韓啟就麻煩了。

不過，也是奇怪了，她看著韓啟問：「黑熊不是會爬樹嗎？」

韓啟道：「這黑熊斷了條腿，沒辦法爬樹。」

秦念仔細看那黑熊，確實有條腿使不上力，又問韓啟。「你打算怎麼辦？」

韓啟輕哼一聲。「我能怎麼辦，那大黑熊怕也是餓極了，若是我們貿然前去，定會替康震當了大黑熊的口中之物。」

黑熊瘸了腿無法爬樹，但在樹下追人卻是沒有一丁點問題，極有可能比他們跑得還快。

秦念道：「那不管他了？」

韓啟抓住秦念的手腕。「我們走吧！待到明日，黑熊見吃不著人，也就走了。」

秦念擰起秀眉。「萬一……萬一康震撐不住，掉下來了怎麼辦？」

「妳放心，他的武功雖不好，但天天耍刀弄棒，身體特別好，在樹上待個兩、三日，不會有事的。」韓啟說著，又指著那樹。「樹上有松果，裡面有松子，餓不死他。早上舔幾口露水，也不至於渴死。」

秦念又看了康震幾眼，只要康震不死，整治他一回，讓他長長記性，倒也是好的。不過，這樣一來，康震怕是會伺機報復韓啟，她難免有些憂心。

「走吧！」

韓啟扯緊秦念的手腕，小心翼翼地帶她離開這塊能吃人的山坳。

回村的路上，秦念與韓啟商量了要供給濟源醫館膏糖之事。

韓啟贊成秦念開膏糖坊，提議道：「村裡有套閒置沒用的宅子，若能找里正商談，出點錢租下，再請村裡的婦人們幫妳做膏糖，再好不過。」

開膏糖坊，既能增加村民的進項，一年又能付些租金給村裡，想必里正會答應的。

白米村不像別的村子那樣屬於族村，村民都是逃難過來的散戶，沒有那麼多規矩，不需要像族村那般，做什麼事都得經過宗親族人同意，辦事容易許多。

秦念心中有點雀躍，笑道：「這樣我就能騰出更多工夫來學醫了。」腦子一轉，又欣喜道：「我覺得，還可以把採藥一事也分工出去。」

「好主意！」韓啟看著秦念笑吟吟的臉蛋，心道這小妮子就是心思活絡。

兩人定好主意，立刻去看那間被荒廢的宅子了。

第五十八章

這宅子位置偏僻些，但離李二叔家比較近。

秦念想著這事，腦子裡突然又冒出一個想法。「膏糖坊也得找個管事，不如到時讓李二嬸試試。」

韓啟疑惑。「李二嬸？」

秦念道：「每回我去找李二叔，都見李二嬸將家裡打理得妥妥當當，平時與大家處得十分好，說話有理有據。李二叔還時常在我面前誇讚她，說自從娶了李二嬸回家，他的日子才真正好過了些，家裡家外，李二嬸做的事情可不少，而且都做得十分好。」

韓啟點頭。「嗯，這想法也不錯。不如等我們看過房子，便去找李二嬸。」

秦念卻搖頭。「我們先把這宅子的事情問清楚，如果能訂下，再去找人。」

韓啟笑著輕撫秦念的頭。「妳這腦袋瓜子，盤算事情如此清楚，真不像還未滿十三歲的小姑娘。」

秦念聽罷，臉卻是一紅。她的靈魂是十六歲，但經過歷練，比前世的十六歲還要成熟。

若真把重生之事告訴韓啟，只怕會把他嚇得不敢與她親近，所以只是默默地低首一笑，不多言語。

兩人再走了約莫一盞茶工夫，遠遠見著坡上那套荒廢的宅子，發現真的還挺大的。

秦念好奇道：「這宅子其實挺好，怎麼就沒有人住呢？」

雖然韓啟來白米村的時日還沒有秦念久，但有回在附近看診時，聽人家提過這宅子，曾去探查過，便娓娓道來。

「聽說七年前，京城有位大官建了這套宅子給他父母養老，後來大官與人勾結謀反，被株連九族，全家被殺，連遠住在這山裡的父母都沒有逃過。」

其實，韓啟早年便聽聞過這家人的事情。「據我所知，後來新皇登基，還為這大官平反，說他根本沒有參與謀逆，不過是遭了奸臣陷害。唉，可惜他家已經沒有人丁了。」

秦念聽著，心裡好一陣難過惋惜，不一會兒，突然心一驚，道：「這麼說來，這間宅子是凶宅。」

韓啟看著她。「妳害怕嗎？」正因為是凶宅，這樣好的宅子才沒人敢來住。

秦念看著宅子，搖搖頭。「不怕，我這人不信鬼神，只信自己。」

韓啟豁然一笑。「那就對了，只要不去信它，就什麼問題都沒有。」

到了「凶宅」，秦念一眼便相中了。

雖然這宅子長滿雜草，但院子寬闊，房間也大，只是木製的地方都腐朽了，得好生修繕才行。

秦念想著，繼父便是幫人建房子的，到時請他來幫忙，應該沒有問題。

接下來，兩人去里正家裡，說了要租宅子的事。

里正十分驚訝。「那宅子可是死過人的，平時村民都繞著這宅子走，你們當真不怕？」

「不怕。」秦念微揚秀眉，唇角泛著淡淡的笑意。

「萬一妳租下來了，村民們不敢進去做工怎麼辦？」

秦念倒是沒有想到這一層，低眉思索片刻，再抬頭，又是信心滿滿的樣子。

「那宅子裡人多了，陽氣也就旺了。再說有錢賺，誰還會怕？」

里正摸著黑白相間的長鬚，點點頭。「嗯，妳說的也是。若能讓那宅子旺起來，還能讓村裡的人賺到錢，便是一件大善事。」

他早早就聽村裡人說了，這外地來的小姑娘生過一場病後，突然性情大變，變得非常厲害，不僅有勇有謀，能智鬥楊氏，還能跟著韓醫工診病救人。

對了，今兒一早，李二叔便到他這裡來，把秦念在鎮上幫人接生的事說得有模有樣，也不知道是不是真的？

「念兒姑娘，昨日妳真在鎮上幫一位難產的產婦接生了？」

秦念點頭。「嗯，我運氣好，那產婦的胎位是正的，只是缺了力氣。我給了幾味藥，再一剪子下去，她便將孩子生出來了。」

里正讚道：「嗯，沒想到我們村裡還有妳這樣的大能人，實為白米村的幸事。」

韓啟乘機問道：「里正大人，那這宅子的事？」

里正道：「你們要用，就拿去用吧。這宅子也是人家的私產，但那戶人家絕戶了，沒有人丁，你們就用著，也無須付錢給村裡。往後若是賺錢，就幫著村裡修修山路什麼的。」目光落在韓啟臉上。「就像韓哥兒修的那座橋，可是造福了白米村。」

韓啟和秦念對視一眼，咧嘴笑了起來。

租宅子的事情，就這樣定下。

當日，秦念回到家中，與繼父康有田商量了此事。

康有田滿口答應。「這事不難，山裡也不缺木材，待明日清早我把地裡的活做完，便進山去尋幾根好木頭，幫妳把宅子修好。」

秦念高興道：「多謝繼父！」

康有田點頭，突然凝住臉色。「震兒也不知道去哪裡了？我尋思著，要不要去附近找找，別是在哪裡遇到了不測。」

秦念忙接話道：「他沒事，您就放心吧。」

康有田盯著秦念。「妳知道他在哪裡？」

秦念猛地發現，自己是作賊心虛了，忙搖頭道：「不不不，我不知道他在哪裡。他身強力壯的，哪會遭遇不測呀，想來定是進山打獵，說不定明天就回來了。」

其實她心裡挺慌的，怕康震真遇上不測，那樣的話，韓啟就是犯上命案了。即便是康震咎由自取，往後韓啟也定會後悔一輩子，畢竟這時的康震還沒犯下法理不容之事。

她想著，若是明早康震還不回來，就讓韓啟去救康震吧。

因心裡藏著事，次日天剛矇矇亮時，秦念便起了床。

當她準備去廚房幫母親做參湯時，卻見母親已經在烙餅了，還笑咪咪的。

「念兒，這些天不知道是不是喝了妳煲的藥草湯還是怎麼的，我身上好像來了勁，不像以前，總覺得身體軟綿綿的，走個路連腿腳都在打顫。今兒趁著天氣好，待會兒我跟著妳繼父上山去伐木頭。」

秦念見自己偷偷煲的千年參湯起了效用，極為高興，又想著母親鮮少能上山，便道：「娘，那您要小心些，別身體剛好，就傷著了。」

秦氏溫柔地看著秦念。「放心吧，有妳繼父在，他會護著我的。」說著這話時，臉上是滿滿的幸福。

秦念心道，康家奶奶和康家大伯一家雖不是什麼好東西，但幸好繼父是個好人。

她心裡想著康震的事，等不及母親把餅子烙好，便要出門。

「念兒，吃了早飯再出去。」

「不了，娘，我去啟哥哥那裡吃。」
平時即便秦念吃過早飯，到了韓家，韓啟也會留一點給她吃，所以她有時就直接在韓家吃了。
秦念剛踏出門，便不小心撞上一個人，結果瘦小的她沒被撞倒，倒是把看起來高她一個頭的人撞倒了。
秦念感覺那人走路踉蹌，以為是位老人家，結果定睛一看，卻是康震。
此刻，康震仰躺在地，兩條腿發抖，聽著聲音，好像牙齒也在打顫。
秦念走上前一看，康震臉上毫無血色，翻著白眼，完全一副被嚇掉魂的模樣。
「熊，熊，熊……」
康震一邊發抖、一邊從嘴裡抖出一連串的熊字，許是被秦念這一撞，以為又碰到了熊。
這時，康家大院的門砰的一響，康琴從屋裡跑出來，瞧見秦念，又見躺在地上的人穿著康震的衣裳，忙哎的一聲衝過去，將秦念往旁邊一撞，再蹲在康震身邊，大喊起來。
「哥，你這是怎麼了？」
康震聽見自家妹子的聲音，神智似乎被拉回來，弱弱地說了聲。「琴兒，餓……」
康琴連忙扶起康震，再朝屋裡大喊：「奶奶，哥回來了。」
不一會兒，楊氏快步跑出屋子，見孫子這般狼狽不堪的模樣，一跺腳，大嚎一聲。「震兒呀，你這是怎麼了?!」忙上前和康琴一起將康震架回去。

這期間，康震的腿是軟的，完全直不起來。

秦念看著康震這副落魄樣，再想著他以前對她的所作所為，覺得格外解氣。

不過康震能自己回來，她也放心了，倒是省了她和韓啟的事。

想到這裡，她得趕緊把康震回來的消息告訴韓啟，於是快步朝韓家走去。

第五十九章

韓啟正在廚房裡做早飯，秦念在門外便聞到了一股濃郁的香味，而這味道，似乎是她記憶中有過的。

「哇，啟哥哥，你在煮什麼？」

韓啟忙向秦念招手。「念兒，妳來得正好，省得我去叫妳。」

秦念走到灶邊，見到灶上擺著三只碗。「啟哥哥，你還準備了我的碗？」

鍋中冒著熱氣，她湊上前一看，竟然是在下麵條，頓時心臟一窒，思緒回到了過去。

韓啟頭也沒抬地看著鍋裡。「我在做牛肉麵，還放了菌子，等會兒妳嚐嚐味道如何。」

「嗯，有牛肉麵吃真好。」

韓啟聽秦念說話的聲音有點哽咽，抬頭一看，見她眼眶裡盈滿淚花，連忙擱下竹筷，湊低了臉看她。

「念兒，妳這是怎麼了？」

秦念抬手抹了一把淚，故作輕鬆地笑道：「沒事，我好久沒吃過麵條了，尤其還是牛肉澆頭的。」

韓啟從秦念的話裡聽出了故事，也不急著問，先是趕緊拿起長竹筷將麵條夾起來，澆了肉湯。給秦念的那只碗裡，牛肉堆得像小山一樣。

秦念本以為分量多的那碗是要拿去給韓醫工的，結果韓啟卻擱在案桌上，喊著她。

「念兒，快來吃，我把麵送過去給我爹，再來陪妳。」

韓啟說完，逕自走到灶前，端了一碗麵出了廚房。

秦念覺得，韓啟每回都給她吃分量最多的一份，分明是把她當豬在養呀！

不過，她看著這碗誘人的麵，還有撲鼻的鹹香味，便覺得當頭豬也不錯，咧嘴嘻嘻一笑，毫不客氣地坐在案桌邊，拿起筷子，先挑了一根麵條吃下去。

這個時候，她的心情已經完全好轉了。

等到韓啟來時，她臉上掛著淺淺的笑容。

「念兒，剛才是怎麼了？」

韓啟在秦念對面坐下，拿起筷子，一邊吃、一邊等著她的回答。

秦念咬著筷子，目光悠遠。「以前我是在縣城長大的，那時家境尚可，父親經常會買白麵，給我們做麵條吃。後來，父親過世，我和我哥跟著母親嫁到白米村，就再也沒有吃過麵條，所以……」觸景生情了。

韓啟將自己碗裡那塊又厚又大的牛肉夾給秦念，溫聲道：「念兒，往後我經常做麵條給妳吃。」語氣一頓。「各種澆頭的。」

秦念咧齒一笑。「好啊！」

韓啟見她沒了悲傷的心情，這才放鬆下來。
秦念埋頭吃起來，一邊吃、一邊讚嘆道：「嗯，麵條又滑又嫩，比粗餅子好吃太多了。」
吃了大半，秦念才想起，還沒說起康震的事情，於是跟韓啟說了。
說到康震被嚇得腿軟的那副糗樣，她笑得差點噎住，還是韓啟起身拍拍她的背，讓她緩過來。

康家大院裡，康震正坐在院子裡的矮凳上，被康琴一口一口地餵著湯水。
楊氏坐在一旁問：「震兒，你說是韓哥兒把你誆進那死人谷裡的？」
康震虛弱地點點頭。
康琴嘟著嘴。「哥，你可別瞎說，啟哥哥不是那樣的人。」
康震到底身體底子好，粥湯一進肚子，身體便稍有了些元氣。
「琴兒，哥沒瞎說，前日他說死人谷裡有頭瘸了腿的黑熊，要與我一起把牠獵回來，到時對半分。」
康琴頓住手中的勺子，盯著康震的眼睛。「那後來呢？」
康震道：「後來我就與他一起去了，也見著那頭熊，結果他一看到熊就跑。那熊見他跑，便去追，後來他跑得不見人影，熊又追上我，把我……追到樹上去了。」

康琴哼笑一聲。「誰見著熊都怕呀，啟哥哥會跑，那也是正常的。誰叫你跑得沒有他那麼快，還往樹上跑。」

「呸！」康震撐著那麼一丁點氣，朝地上啐了一口，氣道：「誰不曉得看到了熊要原地不動，他一見著熊就跑，分明是要把熊引過來。」

「我不信。熊可是會吃人的，啟哥哥是位醫者，醫者仁心，他不會做這樣害人的事。」

「唉，妹子呀，妳真是被韓啟那張面皮蒙了心，完全不知道好壞。」

「反正我不信。」

「好吧好吧，快點把粥餵進我嘴裡，我可餓死了。」

楊氏在一旁道：「別急別急，還給你烙了一塊大餅呢。你先把這碗粥喝了，潤潤胃。」

康震吃過粥，突然又問康琴。「這兩日，妳可有見著韓啟？」

康琴想著，昨日見到韓啟與秦念在一起，於是點頭。「見著了。」

康震瞇起眼。「妳就沒問他，我在哪裡？」

「問了，他說不知道。」康琴收拾碗準備走，突然靈光乍現，看著康震。「真的是韓啟帶你進死人谷的？」

「就是！」康震氣得牙根一咬。「這個該死的韓啟，他明明知道我在死人谷，竟然跟妳說不知道。」

楊氏想著，韓啟總是維護秦念，還有上回騙她毒藥一事，再加上這回，氣不打一處來，大罵康琴。

「妳這死妮子，以後知道了吧，韓啟可不是個善茬。他這樣誆妳哥，還誆妳，分明是想置妳哥於死地！」她一跺腳。「不行，我得去找他要交代，非得讓他賠個金餅來不可。」

把她的乖孫欺負成這樣，不摳點錢出來，太不划算，她乖孫的肉可是不能白掉的。

韓家裡，韓啟和秦念剛吃完麵條，收拾碗筷後，各拿了除草的工具，準備去整理荒宅。

今日康有田去山裡伐木頭，秦念要趕緊把宅子收拾出來，好讓繼父幫忙修整。秦念還打算，雇李二叔給繼父打下手。

就在兩人要踏出門檻之時，見楊氏攙扶頂著黑眼圈的康震站在門口，而康琴則遠遠地站在樹下，一副怯弱的樣子，不敢上前。

楊氏猛一見著韓啟，本來還有些畏懼，卻見秦念一大早就待在韓家，還與他比肩站在一起，挨得這麼近，窩在心裡的火像是被添了把柴一樣，頓時盛起來，怒得敞開嗓門，手圈成喇叭狀，朝著四周大聲喊。

「大家快來看呀！韓啟黑良心要殺我孫子了！大家快來啊！」

不一會兒，村民們就被楊氏的大嗓門吼了出來。

他們聽著楊氏一嗓子又一嗓子地嚎，說韓啟要殺人，這怎麼可能？他們不是來看熱鬧，而是來探究竟的。在他們心裡，韓啟和他爹可是他們的大恩人，地位就同菩薩一樣，是得供著的，不容褻瀆。

秦念聽著楊氏那一道道像是唱戲一樣的聲音，起初還有點焦急，因為這老妖婆太會唱了。但見韓啟一臉淡定，好看的唇角揚起淡淡笑容，心道韓啟自會有說詞，便放下心來。

村民們被楊氏吆喝到韓家院門前，指指點點，有人問楊氏。「康奶奶，妳孫子康震不好端端地站在這裡嗎？韓哥兒並沒有動手呀。」

方才康震回家後，便洗了身子，換了套乾淨衣裳，除了臉上還掛著黑眼圈，顯得有些疲憊外，看不出有什麼異樣。

康震是個好面子的，見著這麼多人來，哪裡還敢讓奶奶攙扶著，連忙鬆開她的手，雙手抱胸，氣勢洶洶地站在韓家門口。

「是啊！康奶奶，妳不是故意來找碴的吧？」

村民們都清楚，楊氏向來看不慣秦念，而秦念又是韓醫工的徒弟，天天都在韓家，楊氏定是惱怒秦念，所以來找韓啟的麻煩。

楊氏沒想到，大家沒有往她這吃虧的一方靠，而是倒向韓啟那邊，忙一把將康震扯進懷裡，抱住康震的頭，大哭起來。

「老天爺，我的孫子康震前日被韓哥兒誆到死人谷裡，差點被谷裡的大黑熊吃了啊！」

康震冷不丁被奶奶這般一抱，整顆頭都抵在奶奶的大胸脯上，還聞到一股惡臭，實顯滑稽，一時覺得窘迫不堪，掙扎著想起身。

沒承想，楊氏是成心要把他當成長不大的乖孫兒壓在胸口疼愛的，加之他生生餓了兩日，未恢復元氣，故一時起不了身，只得由著楊氏按著他的頭，用力揉他剛梳整齊的髮髻，不一會兒，髮髻便被揉散了。

但他到底是年輕男兒，最後還是掙脫楊氏的懷抱，撫著一頭亂髮，站直身子，後悔不已，覺得自己的臉都被奶奶丟光了。早知如此，不如不要來找韓啟麻煩。

待到楊氏哭了好一陣子，像是沒氣了一樣，韓啟才不緊不慢地輕笑一聲，問道：「康奶奶，妳說我誆康震，可有證據？」

證據？

楊氏哭聲頓止，抬起袖子，將糊在臉上的淚水一抹，想再伸手攬住康震，卻被康震躲開，忍不住低聲罵道：「還不過來！」

康震看看圍觀的村民，搖搖頭，又退開兩步。

楊氏見孫子不配合她演戲，只得自己演了，猛地跺腳，雙手齊齊往大腿上一拍，立時哭嚎起來。

「你們看，我孫子以前是多勇猛的人，在死人谷的大樹上躲了兩日一夜，竟被嚇破了膽子，連我這個奶奶都不願意親近了。」

「我沒有。」康震尷尬地看著周圍的人，又看與韓啟站在一起的秦念，惱得巴不得有個地洞鑽進去才好。
楊氏掃了康震一眼。「震兒，你如實說出來，前日韓啟是如何誆你的。你不用怕，奶奶在這裡，奶奶會替你撐腰！」
康震皺著眉頭，癟著嘴，一時不知道該如何說。之前越想越氣的時候，所準備的一番說詞，此刻全然記不得了。

第六十章

此時，韓啟看楊氏一個人的戲唱得委實艱難，也不耐煩她在這裡耗著，開了口。

「前日我的確叫了康震一起去死人谷獵那頭黑熊，只因我見過那頭黑熊，牠是瘸著一條腿的，想著容易獵。」

康震見韓啟把話說在了關鍵上，便上前理論道：「那你為何一見著那黑熊就跑？引得牠來追我。」

韓啟微微聳肩，輕笑道：「我的確是跑了，但那是因為我見到一隻兔子，想去追，卻沒想到那黑熊出來了，便來追我。那時的情況你也知道，黑熊已經開始追人，就算突然停下，也是無用，那我只得繼續跑了。我不是還喊了你，讓你快跑嗎？誰知道你跑不過我，被那頭黑熊追到樹上去。」

康震仔細聽著這番話，回想當時的情況，他與韓啟相隔著一段距離，不知為何，韓啟突然跑了起來，動作的確有點像在追兔子。

不過，還有件事情他想不明白，又問：「為何我妹問你有沒有見著我時，你說沒有？」

韓啟解釋道：「昨日我見你沒回來，就回了死人谷尋你，但沒尋著，以為你出來了。所以，你妹妹問我時，只得說沒有見著你。」

這……這話好像也能說得過去。康震有點不知該如何理論了。

鄰居們開始議論起來。

住隔壁的老奶奶拄著枴杖，指著楊氏罵道：「妳這個女人真是太不厚道，妳孫兒自己運氣不好，碰上熊，妳倒是好，還怨到韓哥兒這裡來了。

「妳可知韓哥兒有多熱心腸，我這個八十多歲的老太婆，連兒子和媳婦都不管我死活，他還每頓送飯給我。上個月我病得半死不活，被他分文未取治好。妳還敢說他是黑良心，我看是妳昧著良心，在這裡說胡話吧！」反正她一個將死的老太婆，也不怕得罪楊氏。

「是啊！自從韓哥兒和他爹來到白米村後，村裡人受他們的恩惠，幫忙治病還經常不收錢，他們可是這世上頂頂好的大善人，怎麼可能做壞事！康奶奶，妳講話可得憑良心，不能瞎說。」

大家你一言、我一語的，戳著楊氏的脊梁骨，把她說得紅了老臉，卻又不想服輸。

「反正，前日要不是韓哥兒帶著我家震兒去死人谷，震兒也不至於在谷裡餓上兩日。你們瞧瞧……」她幾步上前拉著康震，上下指著。「看他瘦成什麼樣了，我還得給他買些肉什麼的來補補，不然，他哪來的力氣去地裡幹活。」

這話一出，有點腦子的人都明白過來，楊氏是想找韓啟要錢了。

「康奶奶，妳家震兒身子骨好得很，我家的雞圈那麼高，他爬上爬下毫不費力。妳放心好了，休息兩日，他身上那點肉就回來了。」

「小夥子正當身強力壯，哪需要刻意買吃食來補。康奶奶沒事便回家吧！」

康震被說他爬雞圈的人弄得無地自容，他常在村裡村外偷雞摸狗，本還以為人家不知道，沒想到人家趁著這時機，當著這麼多人的面說出來，頓時氣惱不已，衝那人大罵。

「我什麼時候爬你家雞圈了？」一生氣，往日欺小辱善的德行又冒出來，本想上前揍那人一頓，但一邁腿，便覺得腿肚子還是軟的，半點力氣都使不上，只得作罷。

平日裡，楊氏可吃過不少康震偷來的雞，孰料來找韓啟鬧一場，竟被村民翻出舊帳，連忙心虛地一把扯住康震，讓他別壞了她的算計。

她上前一步，對韓啟道：「韓哥兒，我也不讓你賠多了，你就賠我家震兒二百銖錢，不然這事兒沒完，我就坐在你家門檻上耗著，看誰耗得起。」說著，要拉著康震往韓家走。

康震卻用力甩開楊氏的手，害得楊氏一個腳步不穩，重重地摔倒在地。

康震這番作為，更是被村民們抓住了把柄，一個個指著他罵。

「真是喪良心呀，連自家奶奶都能推倒在地。」

「這等不孝之舉，非得找里正大人來斷一斷才行。」

楊氏一看情形不好，索性一屁股坐到韓家門檻上，號哭道：「青天大老爺呀！韓哥兒害得我孫兒在死人谷裡獨自餓了兩天兩夜，我可憐的孫兒呀！」

村民們覺得，這老婆子真是蠻不講理，分明是被自家孫兒推在地上，還要來罵韓啟，商量著要把這老婆子從韓家門前抬走。

這時，韓啟和秦念忽然讓開一條路，韓醫工從屋裡走出來。

韓醫工在屋裡聽著外面唱了好久的戲，覺得戲唱得越來越糊塗，這才出來替韓啟解圍。

「康奶奶，妳是要找我家啟兒賠二百銖錢，是也不是？」

楊氏一見韓醫工出來，直接提了錢的事，連忙道：「是，韓哥兒他……」

韓醫工抬手打斷她的話。「康奶奶不必多說，既然韓啟帶著康震去了死人谷，康震又在那裡受了驚嚇，自得讓韓啟來賠償。」

楊氏猛點頭。

韓醫工從衣袖裡摸出早就準備好的一串銅錢，遞到楊氏手中。

楊氏接過錢，一枚一枚拿在手上數，數到二百時，淚痕未乾的臉上，揚起得意的笑容。

村民們看不下去了，準備上前來勸，韓醫工卻又抬手攔住，示意他們不必多說。

秦念在他身後看熱鬧，從他的眼神裡觀察出了一些不尋常。她很明白，師父心善，卻也不是個軟柿子，任人揉捏。

待到楊氏數完錢，從地上爬起來後，韓醫工溫和地笑著問她。「康奶奶，我看妳氣色不太好呀，是不是身體有不適？」

「這……」楊氏聽著韓醫工的話，支支吾吾，卻是想說又不敢明說。

韓醫工扭頭吩咐秦念。「念兒，不如妳來幫康家奶奶診治一下吧。」

秦念點點頭，上前來，對楊氏道：「康家奶奶，妳是有隱疾吧？若是不好說，便進屋裡，我看看能否為妳診治。」

分明年前還在同一個屋裡吃飯的，此刻秦念的語氣，已完全把楊氏當成外人，比陌生人還不如。

不過，楊氏的確有隱疾，已經忍了好久，也尋過好多土方子醫治，卻沒有半分效果，此刻也不得不低下頭來，趁著這機會，問上一番。

不過，讓秦念為她診病，她心底有十二分的不服氣，但她這隱疾與男醫工說，的確多有不便，於是在村民們的注目下，乖乖跟著秦念進了韓家院子。

韓醫工也沒有驅散外面的村民，只是對他們微微一笑，旋即轉身進去。

村民們也不走，想瞧瞧這個熱鬧，看楊氏到底有什麼隱疾。

但凡是隱疾，無非就是身上不能示人之處有問題，他們更加好奇了。

一直在外面躲著不敢示人的康琴，見著楊氏進了韓家院子，想著自己鮮少進得去，便立時跑上前，一腳邁進門檻，走到楊氏身邊，假模假樣地攙扶著。

韓醫工客客氣氣地請楊氏在院子裡的石椅上坐下，再招呼韓啟，讓韓啟隨他進屋避嫌。

秦念冷著臉，坐在楊氏對面，道：「康家奶奶，妳可是身上長有癰瘡，經常會流出膿水，無法痊癒？」

楊氏驚疑。「妳怎麼知道的？」剛見韓醫工迴避，她還懷疑，秦念一個小丫頭，怎能看出她的隱疾來。

秦念冷哼一聲。「就憑著妳身上散發出的味道，帶著一股難聞的惡臭。」若是對別人，她定會說得十分隱晦；但對於楊氏，完全是怎麼難聽就怎麼說。

「妳……」楊氏被秦念這番直言氣個半死，但想著這惡疾折騰了她數年，不治也不行，於是忍下氣來，問道：「那妳說，要怎麼治？」

「不如妳把衣服解開，讓我看上一眼。」

診病需得望聞問切，楊氏這病症，雖能聞得出來，也能從她的臉色看出來，但還是要看看瘡口的樣子。

楊氏到底是婦人，扭頭看看在院門口張望的那些臉，對康琴道：「還不去把門掩了。」康琴忙上前去關門。

第六十一章

楊氏見門關好，這才將前襟解開。

如今天氣熱起來，她只穿了一件單衫。

秦念與韓醫工出外診病多次，見過不少瘡口，但當她見著楊氏乳上的癰瘡時，一股噁心想吐的感覺頓時湧上心頭。

楊氏瞧秦念見了她的癰瘡後，立時變了臉色，十分難為情，連忙將衣服繫好。

「妳也見過我這瘡口了，妳倒是說說，該怎麼治？」語氣咄咄逼人，完全不是有求於人的模樣。

秦念低頭玩起自己手指，不願看楊氏那張比癰瘡還要噁心的臭臉，淡聲道：「說起來，其實也不是什麼頑疾，用點藥便能醫好。」

楊氏一聽這病症不是頑疾，頓時心情大好，忙湊上臉問：「念兒，妳是說我這病症很容易醫治？」

秦念點頭。「嗯，不難，只需花些錢財，便能醫好。」

楊氏一聽秦念幫她治病還要花錢，立刻惱了，直起身子。「妳娘可是我兒媳婦，還要收我錢？」

秦念輕笑。「妳這病症在我師父這裡雖不難治，但藥的價錢可不便宜，而且那藥材不是我採的，是啟哥哥歷經千辛萬苦採來的，自然要錢。」

楊氏聽說藥材是韓啟採的，連忙又壓低身子，道：「韓哥兒不是經常不收人家診金嗎？要不妳幫我問問，讓他免了我的錢。」

秦念聳聳肩，一副無能為力的模樣。「妳剛罵他黑良心，還坑了他爹二百銖，等會兒你們都走了，說不定他就得被我師父教訓，怎麼可能會免妳的錢。」轉臉朝韓啟屋裡喊了一聲。「啟哥哥，你說是吧！」

韓啟的聲音飄出來。「那是自然，該收多少就得收多少，不然病客請出。」

楊氏聽了，心下一沈，只得皺著老臉問：「那是什麼藥才能治好，得花多少錢？」

秦念故意轉著眸子，裝出思索的樣子，又把手指拿出來細數一番，才道：「妳這病症，從根源上來說，是身體缺乏陽氣。所謂人無陽氣，就不能長肌肉，瘡口無法癒合，像死人一樣。」抬眼笑著看康琴。「妳說，人死了就沒陽氣，還能不能長肌肉？」

康琴搖頭。「當然不能。人死了，肌肉都腐爛了。」

楊氏哪會聽不出秦念是故意咒她，還詛康琴跟著咒，又不敢在這個時候得罪秦念，只得一掌拍在康琴身上，大罵一聲。

「妳這死妮子，是不是想咒死妳奶奶?!」一轉頭，斂住怒容，忍著怒氣問秦念。「妳能不能把話說明白點，我年紀雖大，但活得好好的，怎會沒有陽氣？」

秦念彎唇笑道：「康奶奶，我只是說妳缺乏陽氣，沒說妳沒有陽氣。不過，依照妳這情況，若是再拖一、兩個月不治療，怕是就真的沒有陽氣了。要是沒了陽氣，那妳……」怕也就是死人一個了。

「啊?!」這話可把楊氏嚇了一大跳。「妳是說，若不趕緊治好，那我……」

秦念點頭。「嗯，所以我師父看妳可憐，才好心把妳叫進來，讓妳趕緊治好身上的病，把陽氣提上來。」

「那要怎麼治?念兒，妳趕緊說。」楊氏這語氣親切得不得了。

「乳上長癰瘡，可不比其他部位，這是由內而起，若想根治，得先好生調理身體，外加敷藥。調理身體的藥，別的都還好，不算貴，但有一味藥卻是野獸身上才有的。」

「什麼野獸？」

「之前說了，其中一味藥是啟哥哥歷經艱險才得來，至於是什麼藥，我就不說了，畢竟這是密方，不可隨意為人知曉。妳只需知道，想治好妳的病，得花多少錢。」

「那總共是多少？」

秦念豎起一根手指。

楊氏道：「十銖錢？」

秦念搖頭，手指依然豎著。

「一百銖？」楊氏額上有點冒汗了，心肝比胸前的瘡癰還要疼。

秦念又搖頭。

康琴張大了嘴巴。「莫不是要一千銖錢吧！」

秦念放下手，笑道：「康奶奶，妳這病若在縣城或京城，怕是要上萬錢才能醫得好。幸虧這裡是白米村，藥材又是啟哥哥親自上山採的，僅訂了個保命的價錢，只要一千銖。」唇角彎得深了些。「康奶奶，妳還要治嗎？」

楊氏垂首，心道要是不治，陽氣不出幾個月便沒了，那她不就沒命了嗎？

一會兒後，康琴皺著兩條眉毛，軟聲對楊氏道：「奶奶，一千銖錢也太貴了，要不，就別治了吧！」

楊氏聞言氣極，一腳踹在康琴身上。「死妮子，妳巴著我死是不是？」

康琴被楊氏一腳踹倒在地，想著韓啟正在屋裡看著呢，頓時羞愧不已，連忙從地上爬起，哭著跑了出去。

她這般哭，不僅因為羞恥，更是為楊氏那一千銖錢而哭。

老天爺呀，醫個病要一千銖錢，奶奶的年紀都這麼大了，還花這冤枉錢幹麼，不如留下來給她當嫁妝才是。

看康琴跑了，楊氏一跺腳，咬著牙道：「一千銖錢就一千銖錢，只要能治好就成。」如果不能治好，看她怎麼掐死秦念這小妮子。

秦念微微頷首。「那就得了。康奶奶，妳先去取錢吧，交給我師父就成。」

楊氏一把將手裡還未捂暖的兩百銖錢擱在石桌上。「念兒，這錢妳先拿著，我再去取八百錢來。」

秦念違心地笑著點點頭，再看楊氏彎著身子，邁著小碎步，朝院外走去。

村民們還伏在門口偷聽，楊氏一出門，見到這麼多人，尷尬至極，又不好無故罵他們，只得撥開人群，縮著腦袋，往自家方向跑去。

康震也跟在楊氏身後，剛剛他見康琴哭著跑出來，追著問清楚，知道楊氏治病要花一千銖錢，也急瘋了。

韓家院子裡，韓啟和韓醫工都從屋裡出來了。

韓醫工笑著看秦念。「妳這孩子，倒是敢獅子大開口。」

韓啟也道：「要是別人，我可能就分文不取。本來還想著，妳起碼會說個二、三百銖，結果妳一開口，就要了一千銖錢！」

這藥方裡，最貴的不過就是鹿角。鹿角可以益力氣、長肌肉、去瘡毒，內服和外敷都可以。而這鹿還是他第一次與秦念進深山時獵殺的，並未歷經多大的艱險。

秦念臉上卻不見得意之色，擰著秀眉道：「這次我繼父回家，才給了我娘八十銖錢的家用。我知道繼父在外面賺了些錢，也不會亂花，少說也有個兩千銖，但都被那老妖婆坑走了。平時老妖婆吃穿用度都沒花過錢，那些錢定是要存下來給康震的。哼，我才不會讓她把我繼父的錢拿去給康震。」

韓醫工聞言，點了點頭。「康家大房，包括康家奶奶，的確都不是什麼善人。妳這樣做，為師贊成。」

秦念見狀，心情驟然又好了起來，笑著道：「師父，謝謝您！」

韓啟輕拍秦念的肩。「我也贊成！」這副不服氣的表情，顯然就是要爭寵的模樣。

秦念轉頭，對韓啟道：「啟哥哥，念兒也謝謝你。」

韓啟看秦念精緻的小臉上洋溢著甜甜的笑容，頓覺心滿意足，不由呵呵笑了起來。

這時，有位鄰居大嬸從門外走進來，拉起秦念問：「念兒呀，康奶奶到底是犯了什麼病，別是什麼會傳人的病吧？」

秦念知道這位大嬸是被推進來探聽情況的，笑道：「放心好了，康家奶奶不是得了傳人的病，是身上長了個東西。」

鄰居大嬸低聲問道：「聽說要花一千銖錢醫治？」

秦念點頭。「嗯，她這病就得花一千銖。」

韓醫工上前，溫和地勸道：「都沒事了，你們也回去各忙各的吧。」這麼多人圍在他家，他有點不高興。

鄰居大嬸聽韓醫工這般說，不好再問什麼，出了門，對村民們大聲道：「都回去吧，康奶奶就是身上長了個東西，得花一千銖錢才能治好。」

不一會兒，門外便清靜了。

另一邊，康家大房的院子裡，正傳出一陣吵鬧聲。

「奶奶，念兒替妳治病，還要收一千銖錢，是不是她故意坑妳？」

「震兒，這錢不是給念兒的，念兒只是幫我診病。這診金是要給韓醫工的。」

「平常韓醫工給人瞧病都不收錢，怎麼到了妳這裡，就要收一千銖了？」

楊氏要進自己的屋子拿錢，又不敢讓康震和康琴跟進來看到藏錢的地方，踏進門後，便連忙把門關緊拴好，不理會拚命拍門的康震，連忙去拿錢了。

以前康震在她屋裡偷拿過錢，後來她就把錢藏在牆縫裡。只是這牆縫也不易撬開，她費了好些工夫，才把錢拿出來，數八百個銅錢，再串成一串。

楊氏抱著錢，準備出門，但想著孫子堵在門外，一出去，說不定這傢伙就做出搶錢的事。細細思量片刻，腦子靈光一閃，在屋裡找出一塊布，包了些雜物，再把錢藏在衣服底下。

她剛打開門閂，康震就不管不顧地把門推開了。楊氏被門板這般重重一撞，四仰八叉地摔倒在地。

康震見楊氏懷裡抱著個小包袱，便料定這是那八百銖錢了，連忙動手撿起來，奪門跑了。待走到院門口，又頓下腳步，回頭對楊氏大喊。

「奶奶，您可別怪我，您年紀一大把了，這些錢得留著我往後娶親用才是。」說完，便頭也不回地跑了出去。

康琴見哥哥拿到錢，連忙拔腿跟上。

楊氏艱難地從地上爬起來，摸摸懷裡貼得緊緊實實的銅錢，鬆了口氣，顧不得腰腿疼，趕緊去了韓家。

另一邊，康震和康琴往田裡的方向跑。

康震跑出來時，康琴說小叔康有田帶著秦氏上山伐木頭去了，田裡比較清靜。

康震的力氣還不足，跑到這兒時，已是氣喘吁吁，腿肚子更軟了。

他把從楊氏懷裡搶來的小包袱放在手心掂了掂。「這不只八百銖吧！」和康琴一道解開布包。

一看裡面的東西，兄妹倆頓時傻了眼。

第六十二章

韓家那邊，楊氏見外面看熱鬧的人都走了，暗吁一口氣，理理方才因為摔倒而有點凌亂的衣裳，邁進了門檻。

秦念和韓啟剛走，他們要抓緊工夫，趕緊把荒宅裡的雜物清理乾淨。

楊氏將八百銖錢給了韓醫工，韓醫工大大方方地收了，將早已備好的幾包補中益氣的湯藥藥材拿出來，讓她回家好生煎服。再幫她調了瓶去膿生肌的藥粉，將她打發走。

等楊氏走後，韓醫工拿著她給他的錢袋，眉頭皺得老高。

楊氏身上有膿瘡，平時大概又不愛洗澡，身上的味道要說有多難聞，就有多難聞。

他把錢袋裡的銅錢全倒進水盆裡，扔了帶著難聞氣味的錢袋，又怕別人撿到這染上髒東西之物，遂刨了個坑，將錢袋埋了。

這時，韓啟和秦念已經到了荒宅，各拿著鐮刀和鋤頭，開始忙活起來。

這宅子裡的家什全被搬空了，據說當年兩位老人家是在家中被斬首，家當也被官府的人抄了個一乾二淨。

宅子裡鋪著青磚，青磚縫裡長出將近兩人高的草，只能用手來拔。

韓啟擔心拔草會傷著秦念的手，怎樣都不肯讓秦念拔，只許他拔了之後，再讓秦念幫忙清理出去。

秦念整理雜草時，發現裡面還摻著不少已經成了碎渣的布料，顯然是已故主人的衣裳。

她聽說兩位老人家的屍首，後來被扔進死人谷，便打算收集這些碎布，看能不能拼湊起來，好替他們修個衣冠塚。

她把這個想法說給韓啟聽，韓啟非常贊同，接下來除草時，都十分留心草叢中的碎布。

兩人從上午忙到太陽將近落山，經過大半日的勞動，將整個宅子裡的草拔乾淨，並清理出去。

這時，秦念正蹲在牆角看著那一堆碎布。經風雨蟲蟻侵蝕，這些碎布早已分辨不出顏色，但細心的秦念覺得，還是可以憑著碎布的紋路來拼接。

「念兒，這些碎布等明日再拼吧。」

秦念抬頭看看微暗的天色，心道也只能作罷了。

韓啟送秦念回家時，正見康有田在院子裡鋸木頭。

廚房裡傳來聲音，是秦氏在做晚飯。

韓啟瞧見院子裡有四根十分粗壯的鐵杉木，驚道：「有田叔，這四根木頭是你和嬸子一起扛回來的？」

康有田笑道：「我可不敢讓你孀子幫我扛。這四根木頭，是我分四次扛回來的。」

秦念明白韓啟吃驚的原因，這麼粗壯的鐵杉，附近的山林早被伐完了，這一定是繼父爬了好遠好高的山路，還跑了四趟，一根一根扛下來的。

她也看得明白，早上繼父精神十足，這個時候，整個人卻累得像是要癱了一樣，坐在院子裡喘氣。這還是因為繼父身體壯實，換作一般的人，哪能一天扛四根木頭，怕是連一根都搬不回來。

康有田雖是累極，卻滿臉欣喜，壓低了聲音道：「今日我還看到了一根金絲楠木，那可是只有京城貴族和皇室才能用到的木材。我打算明日把它鋸來，替家裡添置幾樣好家什。」

這時，秦氏從廚房出來，走到康有田身邊，也低聲道：「要是能把那根木頭鋸回來，就借用韓哥兒的牛車拉到鎮上或縣城去賣，怕是能換不少錢呢！」

康有田搖頭。「不不不，我們雖不富有，但也無須賺這個錢。」目光掃向康家大院。「之前妳從縣城帶來的家什都搬去了我娘屋裡，這些年讓妳和兩個孩子受不少委屈，這回我一定要做幾樣好家什出來，放在家裡。」

秦念也勸著母親。「娘，既然繼父有這份心思，您便接受吧。反正，我這裡還能賺些錢補貼家用。」

秦氏聽丈夫和女兒都這樣說，也就不再堅持了。

康有田又笑著對秦念道：「今兒一大早，我去看過荒宅了，這些鐵杉木，等我明日將那金絲楠木鋸回來後，就用它們來做門窗。我打算把那宅子裡原先的門窗和梁架全拆了，換上新的，這樣也牢固些。到時還得挖泥料來燒陶瓦，幸好那宅子的牆和地都是用青磚鋪的，倒是省了不少事。」

韓啟道：「有田叔，到時我給你當小工。」

康有田忙擺手。「別別別，這等小事無須你幫，我自己慢慢弄就好了，只是多費幾日的工夫罷了。」

秦念說：「繼父，您一個人做太累了，我雇李二叔來幫忙吧，也會做得快些。」

康有田心想，一個人做的話，日子的確會拖長，點點頭。「行啊，李老二做這些也是把好手。」

接下來，秦氏要留韓啟在家裡吃飯，韓啟怎麼都不肯，掛念父親一個人在家裡吃飯太寂寞，就告辭了。

次日一大早，秦念和韓啟再次去荒宅，做的第一件事情就是拼碎布。

韓啟到底是男兒，做得極不順手，秦念便讓他去尋些別的事情做，她來處理這些碎布。

昨日他們清了雜草，韓啟便去後山的竹林弄竹枝，打算做幾把大掃帚來打掃。

秦念花了大半個時辰，終於拼湊出兩套衣裳來。雖有殘缺，但總比沒有要好些。

這時，韓啟揹著一大捆竹枝，回到了荒宅。

秦念跑過去，指著拼在地上的衣裳。「啟哥哥，我拼好了。」

韓啟道：「那我們把他們的衣冠塚修在後山竹林，緊挨著宅子，也能讓他們安心。」

秦念點頭應了。

韓啟擱下竹枝後，就和秦念去拿那兩套殘缺的衣裳。

這兩套衣裳，稍大些的可見是男裝，從形狀上看，是直裾單衣；稍短一些的是曲裾深衣，應該是女主人的沒錯。

韓啟道：「這兩套是壓在床榻底下的，想必是抄家時沒抄到，不然這樣好的衣裳，一定不會留在這宅子裡。」就算抄家的人不要宅子裡的好衣服，或許也會被村裡膽子大的人撿走，拿去賣掉。

秦念指著一旁剩餘的殘布。「這裡還有一些，我還沒有拼出來，看起來不像是他們的衣裳。」可能是床上的褥子、被套或枕頭什麼的。

「先把這兩套拿去埋好，我去挖坑。」韓啟說罷，去院裡拿鋤頭，上了後山竹林。

秦念打開從家裡找來的兩個木盒，將拼接好的衣裳疊整齊，再分別放進木盒內，也去了後山。

因為只是盒子，所以坑挖得不大，韓啟不一會兒便挖好了，說要再挖一個。

「啟哥哥，就挖一個吧！」

韓啟看著秦念。「不是兩個盒子嗎？」

秦念將其中一個盒子放進挖好的坑裡。「他們本是一對夫妻，讓他們合葬在一起，會更好些。」

韓啟大悟。「是我想得不夠周全。」幫秦念將這對盒子放置好，再填上土。

不一會兒，一個墳包堆了起來，秦念起身看著墳包，道：「之後我們再找塊合適的石頭，幫他們立塊碑。」

韓啟點頭。「這事交給我就好。」話音剛落，不遠處的竹子忽然發出奇怪的聲音，他循聲看去，見有道黑影一閃而逝。

茂密的竹林裡陰風陣陣，沙沙的風吹竹葉聲不絕於耳，再加上此刻正在為故去的老夫妻修墳，秦念本就有點害怕，又被那道黑影硬生生嚇了一跳，見韓啟要去追，忙阻止他。

「啟哥哥，那應該是野獸！」

韓啟跑出幾步，又停下來，回頭看著秦念，見她孤瘦的身影站在墳堆旁，如果他跑開，她一定會害怕，於是就不追了。

「我們走吧。」

韓啟牽住秦念的小手，帶她離了這片竹林。

回到宅子，秦念繼續認真拼接那堆不像是老夫妻的衣裳碎布。

這堆布料中，有一塊看起來還完整的，很像是小孩子的肚兜。還有個像是小枕頭的東西，枕芯已經扁平，也像是小孩子用的。

她把小枕頭拿在手上，發現裡面硬硬的，像是有東西，掏出來看，竟是只小手環。

韓啟聽到秦念驚呼的聲音，走了過來，見秦念正在用一塊碎布擦拭著黑乎乎的小手環。

這小手環被碎布一擦，竟發出金色的光澤。

韓啟接過秦念遞來的手環，仔細看了看。「這是金子做成的。」

秦念道：「看來這裡不只有老夫妻，還有一個小孩子。」

韓啟擰眉。「當時我細細打聽過，這對老夫妻被殺時，屋裡並沒有小孩。」

秦念看著小手環，還有一碰就爛得不成樣子的小枕頭，沈聲道：「這戶人家被誅滅九族，想來這孩子在京城，也是被殺害了。」

她想，那定是大官家的孩子到這裡來住時留下的東西吧，孩子雖不是死在村裡，但一想到全家被滅，就覺得心裡十分難過。

韓啟道：「要不，我們也替這孩子修座墳。」把手環遞到秦念眼前。「妳瞧，這手環上還有刻字，是個『璜』字。」

秦念微微點頭。

「妳要是害怕，就在這裡等著，我一個人去就好。」

「我和你去，這些布料看起來像是孩子的衣裳，我們拿去與這小手環一起埋了。」

秦念說罷，將地上的碎布拼湊好。

韓啟又找來一只盒子，是這宅子裡的舊物，秦念將拼接好的衣物和小手環一併放入，再跟韓啟去了竹林。

但埋盒子時，秦念猶豫了，取出小手環，放進隨身攜帶的布袋裡。

韓啟瞧見了，沒有多問，帶她離開竹林，又將宅子打掃一番，才回家去。

第六十三章

這個時候，康有田正在家中鋸著他午時扛回來的金絲楠木。

康有田一見到秦念，便笑道：「念兒，這根木頭挺大，到時我多做兩件家什，將來好給妳當嫁妝。」

秦念聞言，微微垂首。「繼父，我還小呢！」將來與韓啟的事情，也不知道有沒有變數，本就因為那小手環而鬱悶的心情，更加沈了。

康有田只以為秦念是害羞。「念兒，妳過兩年便要及笄，我看妳與韓哥兒相處得挺好，看來往後就是一對了。到時我在村裡再置一塊地，建一座房子，讓妳和韓哥兒住。」

秦念聽到這裡，不知要怎麼解釋，只能假裝羞澀一笑。「繼父，這事還早著呢！」說罷，去井邊打水上來，掬水洗了把臉，去了廚房。

廚房裡，秦氏正在做些兒子愛吃的餅子和糕點。因為明天秦念要去玫瑰莊園找秦正元，還得去問玫瑰花的事。

第二日一早，秦念拿著母親準備的包袱出了門。包袱裡不僅有吃食，還有替哥哥準備的衣物。

她按慣例，先去找李二叔，再一起去韓啟家牽牛車。

韓啟把秦念送到橋邊，叮囑她要早些回來。

晨曦下的薄霧中，韓啟抱劍倚在橋上，秦念看著他，發現他越發顯得高大俊挺，這番模樣，像極了等著、盼著愛人歸來的情郎。

閒坐在牛車上的秦念，望著近在眼前的山脈和正在前行的小道，又開始胡思亂想起來。

到了玫瑰莊園後，秦念自車上跳下來，去敲莊園的大門。

守門的家奴還是那一位。

秦念把抱在懷裡的膏糖遞給他。「大叔，今日我多備了一罐膏糖，是特意給您享用的。」語氣十分恭敬。

守門人一臉笑意。「姑娘，妳倒是守時呀！」接過膏糖看了一眼，喜意藏都藏不住。

秦念問：「等會兒我哥哥會過來嗎？」

守門人道：「今日特意安排妳哥哥在附近的花田幹活，妳稍等一會兒，我找人叫他過來。」走回門內，將門拴緊。

秦念在外面等了小半刻，便見門打開，秦正元從裡面走出來，歡喜地拉住秦念的手。

「念兒，可等到今日與妳見面了。」

秦念高興地從上往下打量秦正元，見他雖然黑了些，也瘦了點，但精氣神看來不錯。

「哥，你在裡面怎麼樣？有沒有見到歐陽莊主？」

秦正元似乎有點顧忌地回頭看了守門人一眼，再對秦念低聲道：「沒呢！這莊園裡的家奴，有的人甚至一年、兩年都沒有見過莊主。」

秦念擰起秀眉。「那沐青大哥有沒有關照你？」

秦正元點頭。「管事對我還不錯，應該是沐青大哥關照過的。不過沐青大哥大部分時候都待在山上，自從被他送進莊園後，我就再也沒有見過他。」

秦念湊到秦正元耳邊，低聲問：「你覺得，有沒有機會遇上歐陽莊主？」

秦正元的臉色微微沈下，搖搖頭。「我們日出而作，日落而息，根本沒有空閒時候。」

「秦正元，秦正元……」

突然間，一道清亮的女聲傳了過來，秦正元忽地臉色大變，忙對秦念說：「念兒，我得趕緊進去了。」

秦念一聽，那是個十分年輕的女子聲音，一時好奇，一把扯住他的衣袖問：「喊你的姑娘是誰？」

秦正元慌慌張張。「我不認識她，只知道她就是個大麻煩，她出現，我鐵定要被管事罵。念兒，我進去了。」

「哥，你等會兒，我把東西拿給你。」

秦念說著，人已轉身跑到牛車邊，拿下包袱，跑回他面前，將包袱塞進他手裡。「這些都是娘替你準備的，娘很掛念你。」

秦正元聽著這話，頓時濕了眼眶。「念兒，妳跟娘說，我在這裡很好，讓她別記掛。」

裡面的呼喊聲又起，秦念推著哥哥。「你快進去吧！」

等到秦正元快步進了門，秦念忙問守門人。「剛叫我哥的那位是誰？」

「這個……」

守門人支吾著，一副不願意說的模樣。

秦念想著，玫瑰莊園的規矩一定很多，不再追問，改口問道：「叔叔，上回我拿來的膏糖，不知道有消息沒有？」眼見花期已過了一個多月，若是再談不定，今年的花期就結束了，所以她十分著急。

守門人道：「莊主倒是吃過一回，誇了一句，但並沒有說什麼，我們這些下人也不敢跟他多說。」

秦念聽著，十分失望，看來玫瑰膏糖的事情沒戲了。

正當她要走的時候，那道清亮的聲音又響起來。

「秦正元的姊姊呢！我倒要看看，他姊姊長什麼樣？」語氣極為囂張，一聽就知道是個不好惹的角色。

身著粉裙的姑娘從門裡走出來，年紀看起來與秦念一般大小，櫻唇大眼，是個可人兒。

守門人恭敬地退到一旁，彎下腰，似乎連頭也不敢抬。
秦念心道，這位姑娘應該是有身分的，而且地位還很高。
「喲，模樣長得還挺不錯嘛！」
秦念被面前這位神態格外跋扈的姑娘從上自下打量著，並沒有半分畏縮，反而挑了挑眉，微微笑問道：「姑娘，妳是對我感興趣，還是對我哥哥感興趣？」
跋扈姑娘冷笑一聲。「呵，我又不認識妳，我對妳感什麼興趣？」
秦念唇角微彎。「那就是對我哥感興趣了。」
跋扈姑娘一臉認真地看著秦念。「妳當真是秦正元的妹妹？而不是……」
秦念再挑眉。「妳覺得應該還會是什麼？」
跋扈姑娘脫口而出道：「情人。」
秦念聽出滿滿的酸意，心中不由一喜，哥哥興許是被這姑娘看上了。暫且不論這姑娘適不適合哥哥，就說現在，她覺得機會來了。
「姑娘，與妳說實話，我就是秦正元的妹妹，我叫秦念。」
「真的？」跋扈姑娘細細打量秦念，覺得秦念與秦正元長得很像，看來是沒錯了。
「是真的。」
秦念的目光停在跋扈姑娘臉上，眼睛一眨也不眨。
跋扈姑娘被秦念看得有些不自在，摸著自己的臉。「怎麼了？妳幹麼這樣看著我？」語氣中帶著怒意。

秦念笑道：「姑娘，我是看妳長得真好看！」

伸手不打笑臉人，更何況還被誇，跛扈姑娘頓時氣焰全消。

接著，秦念突然又說了一句。「不過姑娘臉側冒著幾顆小紅痘，膚色也微微偏黃，莫不是體內有火症？」

跛扈姑娘頓時又皺起了眉眼。「什麼火症？」剛滅的氣焰再度燃了起來，但又好奇，秦正元的妹妹說的話雖然很突兀，但好像又說在關鍵上。

「脾胃之火，最是傷人顏色。」

「妳懂醫術？」

「略懂些。」

「那知道如何醫治？」

「自然是知道的。」

秦念見跛扈姑娘一臉不太相信的模樣，又說：「我正好懂得醫治姑娘臉上的紅痘，還懂得調理姑娘的顏色，可讓姑娘膚質嫩滑，氣色紅潤。」

秦念如豆腐一樣白嫩的臉皮，早讓跛扈姑娘看紅了眼，此刻聽秦念這麼說，立時生出了興趣。

「妳當真能改變我的膚色？」她一直覺得自己五官生得不錯，就是皮膚偏黃了些，而且還時常冒出幾顆紅痘，讓她又癢又痛，十分煩心。

「嗯，真的能，還能調理姑娘的脾性。」

「脾性？」

「姑娘是不是時常覺得心緒不寧、心情煩躁？」

「好像有一點。」跋扈姑娘不耐煩了，忽地一把拉住秦念的手。「不如妳隨我進來吧，我倒要看看，妳如何幫我調理。」

「呃，姑娘請稍等，我和我家叔叔一道來的。」秦念可不能讓李二叔在外面乾等。

跋扈姑娘對守門人一揮手。「讓牛車進來。」

守門人忙點頭。「是，小小姐。」

秦念就這樣被小小姐拉進了玫瑰莊園，看著裡面的繁花似錦，簡直有點不敢相信，她就這樣進了莊園。

小小姐的閨房是山邊一座最大，且依山傍水的宅院，路上，小小姐很爽快地告訴秦念，她就是歐陽莊主最小的女兒，歐陽千紫。

閨房內，秦念仔仔細細幫歐陽千紫把完脈，很認真地對她說：「千紫小姐，我給妳的方子，除了我帶來的藥草外，還需要你們莊園裡的一味藥。」

歐陽千紫一臉疑惑。「我們莊園裡能有什麼藥？」

秦念指著窗外紅豔豔的花。「就是玫瑰花的花瓣。」

歐陽千紫笑起來。「不可能吧，玫瑰花也能當藥？」她只知道玫瑰花瓣可以用來泡澡，泡後身體都有玫瑰花的香味，是以她每夜都要用花瓣泡澡。

秦念道：「玫瑰花於女子來說，藥效是十分明顯的。對了，千紫小姐，莊裡有蜂蜜吧？」有花的地方就會有蜂蜜，平時她做膏糖都是用冰糖，如果能加蜂蜜，當然是最好的。

歐陽千紫點頭。「當然了，我們家有養蜂的家奴。」

秦念抿唇一笑。「那好，現在我就幫千紫小姐熬藥。這藥不僅可以內服，還可以外敷，兩種方法雙管齊下，不僅能治好妳臉上的紅痘，改善氣色、睡眠和脾性，還能膚如凝脂。」

歐陽千紫咧開貝齒一笑。「真的？」

秦念點頭。「真的。」

「那妳趕緊幫我熬吧，我讓人去採花瓣來。至於蜂蜜，廚房裡多的是。」

「好。」

第六十四章

秦念隨身帶著一只自己縫的布袋，裡面裝的是昨晚備下，用來熬製膏糖的十幾味藥材。之前她是想著，萬一能見到歐陽莊主，若可以當場熬製一罐膏糖是最好不過。後來，當她聽說歐陽莊主並沒有在意她的膏糖時，以為白帶了。

這下可好，「英雄」有用武之地了。

不一會兒，歐陽千紫的丫鬟便送來一籃子最新鮮、最嬌豔的花瓣。

此時，秦念已經在用蜂蜜熬煮藥草，只待最後下花瓣了，時機剛好。

待玫瑰膏糖熬製好，秦念先盛出一小勺濃稠的膏糖，放進溫水，立時染出粉紅的湯色。她讓丫鬟將這碗玫瑰膏糖水送去歐陽千紫的閨房，接下來再將膏糖裝入瓷罐中，交代另一個丫鬟，待膏糖冷卻，一定要將瓷罐密封好。還要丫鬟轉告歐陽千紫，待晚上沐浴過後，取些膏糖敷臉。

秦念做好這一切，便與歐陽千紫不辭而別，讓丫鬟帶了話，三日後，她會過來複診。

歐陽千紫在閨房中品著碗中的玫瑰膏糖水，濃郁的玫瑰香甜味伴著藥香沁入心肺，味道奇好，也不知道是不是因為秦念的話，還是藥湯真的起了效用，覺得心情舒暢不少。

秦念往大門走的路上，碰到了一直在候著她的秦正元。

秦正元瞧見秦念，小跑著過來，急忙地問：「念兒，我看見妳跟著她進了莊園，是做什麼去了？」

秦念道：「我去幫她做玫瑰膏糖。」

秦正元見妹妹滿臉笑意，心情稍稍放鬆下來，但想著那姑娘不是個好性子的人，又有點擔心。

「那姑娘十分煩人，也不知道是什麼人，妳就這樣進去幫她做膏糖了？」

秦念倒是好奇，哥哥是怎麼惹上歐陽千紫的，問道：「哥，她為什麼要纏著你？」

秦正元摸著後腦勺。「誰知道呢！前些日她到花田來玩，不知怎的，我也沒有惹她，她就一直煩著我，非要我陪她玩，不讓我做事，害我完成不了手上的活，被管事罵。

「後來，她每日來找我，若是我不陪她玩，她就想著法兒讓管事罰我。唉，煩透了。」

秦念猛地一拍哥哥的肩。「傻哥哥，她可是歐陽莊主的女兒，她是看上你了。」

「什麼？」秦正元驚得張大嘴巴，一臉不敢相信的模樣。「歐陽莊主的女兒？」

秦念點頭。「是，歐陽莊主的小女兒，歐陽千紫。」

「那……那我豈不是完蛋了？」

秦正元沒有半分興奮，反而更害怕了。

「哥，歐陽千紫看上你了，你怎麼會完蛋？」

秦正元苦著臉。「近來她晚上也到工人房找我，我便在她常來的路上做了點手腳，想把她嚇走。不行不行，我得趕緊把那些東西撤掉，不然坑了她，歐陽莊主說不定就會把我趕走了。」轉身就要走人。

秦念一把拉住他。「那些東西不用撤走。」有點後悔說出歐陽千紫的身分了。

秦正元轉過身來，十分不解。「為什麼不用撤？她可是莊主的女兒。」

秦念笑道：「依她嬌橫的性子，你那點把戲，只會小小嚇她一下，不會怎麼樣的。」

「可是……」

「不用可是了。哥，你聽我的，一切按原先的樣子，她整你，你就整她。千萬別讓著她，不要讓她小瞧了你。」秦念又重重地拍了下他的肩。「你可要記住，你不是這裡的奴隸，將來要做人上人的，不能小瞧了自己。尤其是在歐陽千紫面前，更不能讓她看低你。」

其他的話，她無法說太多，只能讓哥哥保持自己的本性。因為她知道，歐陽千紫之所以纏著哥哥，除了哥哥模樣長得俊以外，他那種又憨又直，時而又會耍點小聰明的性子，一定是歐陽千紫喜歡的。

她不清楚歐陽千紫是什麼樣的人，但她很明白，能幫上哥哥的人，除了沐青外，也只有歐陽千紫了。

「真的不用撤？」秦正元還是有點猶豫。

「真的不用。哥哥，歐陽千紫就是想找個人陪她玩而已，她想玩，你就陪著她玩，但得讓她知道，你並不是好欺負的。」

「好吧。」

「哥，我還得去鎮上的醫館，三日後我會來這裡替歐陽千紫複診，到時再來找你。」

「好。」

片刻後，秦念坐著牛車離開玫瑰莊園，前往濟源醫館。

路上，李二叔說：「念兒，妳可真有本事，連莊主的女兒都能攀得上。」

秦念笑道：「李二叔，我不過是動了點歪腦筋而已。」

李二叔搖頭。「不不不，妳這可不是歪腦筋。我以前上過戰場，那時就聽得一句話，說人有百計千方。我看妳這小腦袋瓜裡，就藏著百計千方。」

秦念摸摸自己的腦袋。「有嗎？我真的有百計千方？」

李二叔咧開嘴，哈哈大笑起來，樂得就彷彿秦念是他的女兒一樣，心裡自豪至極。

到達濟源醫館時，已是午後。難得的是，羅禧良正在醫館裡。

秦念掀簾進去，見羅禧良正盤坐在內室的几案邊，手中拿著一張黑乎乎的東西。

「呀，念兒姑娘來了。我這裡有張從南方來的茶餅，一起來嚐嚐味道如何。」

羅禧良擱下茶餅，起了身，將秦念迎到几案前，與他相對而坐。

秦念看著几案上的烹茶器具，陶爐裡的炭火燒得正旺，爐子上的陶壺已經冒出滾滾白煙，目光移到雅致的茶碗上，欣賞羅禧良那雙修長的手指用疊得整整齊齊的帕巾將燙手的壺蓋打開，把碟子裡剛分出來的茶葉倒進陶壺內，再蓋上壺蓋。

不一會兒，一股茶香在室內瀰漫，令人神清氣爽。

羅禧良又拿著帕巾握住陶壺柄，將茶湯倒入剛燙熱洗淨的兩只茶盅內，把茶盅遞到秦念面前，溫聲說了句。「念兒姑娘，請。」

「羅醫工今日怎麼沒到村裡看診？」

羅禧良笑道：「上回妳來的時候，說過今日會到鎮上來，我便放在心上了。」

秦念吹著燙嘴的茶湯，稍稍品了下，這茶湯的味道的確不錯。

前陣子，她在深山裡找到一棵十分奇特的樹，憑著自己對醫書的了解，知道那是茶樹，便摘了些茶葉回來，按著書上的法子，做出了一小罐熟茶，送給韓醫工。但味道與這個相比，差了不少，顯然是製茶手法不如南方那邊的茶農精進。

秦念品著這茶，記住味道，思忖著下回再去找那棵茶樹，定要好好做出一罐茶葉來。

待秦念喝下一杯茶，羅禧良才問起正事。

「念兒姑娘，上回跟妳說的，請妳到醫館坐診之事，妳師父可有答應？」

秦念道：「我師父答應了，但我無法每日來，想著按月逢五的下午坐診，你看如何？」

羅禧良聞言，十分高興。「太好了。醫館有妳坐診，鎮上百姓一定受惠無窮。」

秦念謙然道：「我就怕自己年紀太小，醫術過淺，萬一誤診……」

羅禧良忙擺手。「不會不會，念兒姑娘的醫術，在整個長陵縣城，也是屬於上等的。」

秦念覺得羅禧良有點過於誇獎她了，要說她的醫術中下，還說得過去，上等那可是萬萬不及，她要學的東西還有很多。

羅禧良忽地起身，從旁邊書櫃裡抱出一疊泛著墨香味的書，擱在秦念面前，「念兒姑娘，我讓屠三在縣城家裡找出些醫書來，拿到印書的鋪子裡印了一份。有些可能是妳看過的，但有些是我父親私藏的孤本，或許妳還沒有看過。」這些醫書，秦念一定能看得下去，而且融會貫通，學以致用。

秦念捧著這些醫書，頓時兩眼放光，像是餓狼看到鮮肉一樣興奮。「這些書，大部分我都沒有看過，真是太好了。」在她看來，這些書的價值，比千百個金餅還要高。

羅禧良知道，秦念一定會喜歡醫書，因為她時常會說醫書上所說之類的話，沒想到她一看到這些書，會表現出這種如饑如渴的模樣來，令他十分開心，覺得自己做了正確的事。

秦念把這些書放進用來裝藥材的布袋中，而後起身對羅禧良道：「天色不早了，這幾天我沒有去採藥，在忙著準備膏糖坊，到時便能多供應膏糖，也及時些。」

羅禧良讚道：「如此甚好！昨日屠三回來，還說我父親在催，問膏糖幾時送過去。」

秦念想了想。「怕是得斷小半個月的貨。這些日子，我得用心把作坊辦好，要做的事情實在太多了。」

羅禧良忙道：「無妨無妨。」

接著，秦念去了牛車旁，將羅禧良送給她的布料搬下來，還給他。

「羅醫工，這料子實在太貴重，請恕我不能接受。」

羅禧良心一沈。「念兒姑娘，之前我便說過，這料子是他人送的，我這裡也用不上。」

秦念堅持道：「其實給我也用不上，我住在山村，又時常進山採藥，這樣的料子做成衣裳，沒機會穿。」又笑著指布袋裡沈沈的醫書。「你送我的這些，我就十分喜歡。」

羅禧良見狀，不好再把布料推給秦念了，只道：「那下回我再蒐羅一下，如果看到有好的醫書，就找來給妳看。」

秦念抿唇，笑著點頭，又道：「今日是初六，三日後是初十，我過來坐診。」

羅禧良一臉期待的表情。「好，到時我會特地幫妳佈置一張案桌。」

秦念掃了羅禧良常坐的案桌一眼，有時可能會碰上與羅禧良同在醫館坐診的事，所以沒有拒絕。

她向羅禧良告辭後，便坐上牛車，往白米村的方向趕去。

第六十五章

回到白米村的橋邊時，天還沒有完全黑下來。

早上秦念有交代韓啟，天黑之前無須到橋邊等她。

她曉得，韓啟白日會在荒宅幫忙，今天繼父要將梁上的木頭換了，再挖土製陶瓦。得把瓦片蓋好，才能做木工的活。

牛車剛到韓家，便見韓啟從荒宅的方向跑過來，見到秦念，俊臉上堆滿了笑容。

「念兒，今日可順利？」

秦念抿唇笑著點頭。「嗯，十分順利，我見著我哥了，他很好。而且，我還認識了歐陽莊主的小女兒。」

韓啟沈吟。「歐陽千紫？」

秦念點頭。「正是。」又問：「你認識她？」

韓啟道：「那時我才七歲，歐陽千紫不過四、五歲的樣子，還被她爹爹頂在肩頭玩。」沈默片刻，才繼續說：「她脾氣刁鑽得很，被歐陽莊主寵壞了。」

他依稀記得，那年小小的歐陽千紫對她母親又哭又鬧，見什麼要什麼，不依不饒的樣子很讓人不喜。

秦念想著歐陽千紫對哥哥的態度，點點頭。「是，的確是被寵壞了。」她也不知道自己給哥哥的建議是對還是錯，總之，歐陽千紫是哥哥唯一與歐陽莊主拉近關係的機會，實在不容錯過。

韓啟跟秦念說了今日在荒宅幹的活，還誇她繼父真是個能幹的人，有力氣，做事有條有理，完全不像是康家那邊的人。

秦念悄聲跟他說，繼父說不定是別人家的孩子。

當然，這只是她胡亂猜的，也可能繼父的性格像他已故的父親吧。

聽村子裡的人說，繼父的父親是非常明事理又能幹的人，只是沒討個好婆娘。他每日做牛做馬地養婆娘、養孩子，早早累壞了身子，去世時還很年輕，自此康家的日子就差了。

秦念也把鎮上醫館的事告訴韓啟。韓啟對秦念去醫館坐診之事，其實是很支持的，但當他一想到那個叫什麼羅禧良的醫工，心裡不知怎的，特別不是滋味。

其實，秦念還小呢，他急什麼急？可是想起來，真像撓心抓肺一樣。

這夜韓啟失眠了。

至於秦念，讀過幾頁羅禧良印給她的醫書後，枕著醫書，不知不覺睡沈了。許是她近來太忙太累的緣故，一覺下去，愣是連個夢都沒有。

翌日一早，韓啟頂著眼下的一團青黑，到了秦念家。

「念兒，我來妳這裡蹭早飯。」

鬱悶了一整夜的韓啟，見到秦念後，團在他頭頂的烏雲瞬間散去，心情開朗了不少。果然，他一大早跑來這裡是對的，因為唯有秦念能解他的鬱。

秦念不知道韓啟心中在想什麼，但見他氣色不大好，還哈欠連連，便問：「怎麼了，昨夜沒睡好？」

韓啟拿起昨日忘記跟她說的事情出來擋。「前日我們不是修了個小孩的衣冠塚嗎？」

秦念點頭。「嗯，怎麼了？」

韓啟又打了個哈欠，懶懶地說：「昨日我去竹林砍竹子，準備做籬笆，結果發現那個小墳堆被人扒開，裡面的盒子都露出來了。」見秦念一臉緊張的模樣，忙道：「不過盒子裡的東西沒被翻動。」

秦念覺得不可思議。「這麼個小墳，誰會動它？」想了想，又問：「該不會是有野獸來扒墳吧？」

韓啟點點頭。「有可能，但又不太像，因為旁邊的大墳堆沒有被破壞。唉，不想了，我肚子餓了。」

秦念剛好替母親煮了參湯，裡面的料很多，便幫韓啟盛了一碗。

韓啟不知道這裡面放了千年參，端起來喝了，直到喝了兩口才驚覺，自己竟喝了秦念給她母親熬的千年人參湯。

「念兒，妳……」

秦念對韓啟甜甜一笑。「啟哥哥，快喝吧，喝完了精神好。」說罷便把剩下的參湯和一塊烙餅送去了母親的房間。

秦氏在屋裡吃著湯水和餅子，知道韓哥兒來了，便在屋裡織布，不去打擾這對小人兒。

秦念回廚房時，韓啟已經喝完湯。在千年人參湯的作用下，韓啟立時精神大增，幾口把餅子吃完，認真地看著秦念吃。

其實，這是韓啟第一次到秦念家裡來蹭早飯。以前秦氏和秦念要他在這裡吃，他不肯，為的是替秦念家多省些糧食。平時秦念一大早過去，韓啟都會幫她多準備一份早飯，好讓她吃得飽一點。

今日不知為何，韓啟看著秦念吃早餐，似乎吃得格外有味，餅子塞在嘴巴裡鼓鼓的樣子，也十分好看。

秦念被韓啟熾熱的目光看得臉都紅了，伸手捶了下韓啟的手臂。「喂，我臉上開花了嗎？這樣看著我。」

韓啟笑著點頭。「嗯，開得比花兒還要美。」

這下，秦念的臉更紅了，發覺韓啟看她的眼神有點奇怪，像是喝醉了酒一樣，讓她格外不自在。

吃完早飯，秦念和韓啟出門時，撞見楊氏，遂順便問了句。「康家奶奶，妳身上的瘡癰可好些？」

楊氏的氣色似有了明顯的好轉，臉上也帶著少見的笑容，應該是好了些。

果然，楊氏笑道：「念兒呀，妳真是好本事，奶奶身上的瘡口收了不少，精神也好些了。看來，以前真是缺了陽氣。」想到人沒了陽氣就會死的話，她就覺得後怕，這兩日一直慶幸，自己花了一千銖治病，不然怕是日子不長了。

難得楊氏能好言與她說話，秦念便道：「那就按著方子，好好吃藥搽藥。」說完轉身就要走。

楊氏卻一把拉住秦念。「念兒，聽說你們在整理宅子，準備開個膏糖坊？」

秦念知道這事不可能瞞得了楊氏，便點頭，從楊氏那雙冒著精光的小眼睛裡，看出了點不太妙的東西。

楊氏咧開嘴，露出幾顆黑牙。「我想著，那膏糖坊需要招人手，到時讓康琴去做工。妳多給她一些工錢，往後好養活我們這一大家子人。」

天啊，這說的是什麼話？

秦念眉頭微蹙。「康奶奶，暫且不說我會不會讓康琴進膏糖坊做工，就妳說這工錢得多給，那得給多少才叫多？」不等楊氏說話，又問：「憑什麼她一份工錢，要能養活你們一大家子人？」

楊氏正欲說話，秦念又道：「再說，我與康琴的交情不怎麼好，可請不起她這尊佛。」

楊氏聞言，頓時斂起笑臉。「秦念，這是什麼話呢？妳與康琴是姊妹，都是康家人。」

又來這齣，秦念頓覺頭大。

秦念不想跟楊氏多費口舌，硬聲道：「康家奶奶，之前我就跟妳說過，我娘雖是康家媳婦，但自從我治好身上的中毒之症後，就不是康家人。如今我繼父也與康家大伯分家，康家大房的事，更是與我無關。」

「那我總與妳有關吧！秦念，妳可別翻臉不認人。前日我出一千銖錢給妳師父，也不見妳與妳師父討價還價，我也就認了。這會兒妳要開作坊了，還不認我，不幫襯著妳大伯那邊，我可不會依著妳這般六親不認。」

秦念實在不耐煩了，冷道：「要不，我們挑個日子去找里正大人理論，把妳與康琴對我做過的事全說出來，讓里正大人幫我斷一斷，我該不該認康家這門親。」

一聽要把先前的事拿出來說，楊氏又有點畏縮了。

秦念趁著這機會，對韓啟道：「啟哥哥，我們走吧。」快步朝前走去。

楊氏還想追，韓啟抱著劍，橫在她面前。「康奶奶，念兒是我爹的徒兒，也就是我的師妹，康家別總以為她沒有人幫襯，就想東想西來欺負她。」言下之意，秦念可是他這邊的人，康家人別想打歪主意。

楊氏吃著韓醫工給的藥，還是要看韓啟幾分臉色的，再加上韓啟自帶一種生人勿近的氣勢，她本來就有點怕他，忙點頭哈腰道：「是是是，我沒有欺負她，我只是……」

話還沒有說完，便見韓啟一副懶得聽的模樣，轉身走人了。

秦念到了荒宅後，見繼父和李二叔正在梁上蓋瓦。昨日燒的陶瓦，今天已經可以用了。她要上去，韓啟卻一把拉住她，只肯讓她在下面遞瓦，他則上梁幫忙。

接下來兩日，他們一直在荒宅幹活，秦念總覺得這裡不能再叫荒宅，於是替這宅子取了個名字，叫味園。

康有田說，會在院門的匾額刻上這兩個字，但他不識字。

韓啟聽了，立時回去寫了味園兩字交給康有田，讓他按這兩個字來刻。

韓啟的字真是好看，康有田和李二叔都說，這兩個字像是畫出來的一樣。

這日一大早，秦念坐著李二叔駕的牛車前往玫瑰莊園。

今天是她為歐陽千紫複診的日子，午後還得去濟源醫館坐診。

這回，秦念再進莊園便容易了，門一敲，不用給錢，守門人就恭恭敬敬地開門放行。

不過，秦念一進門並沒有見著秦正元，問了守門人，說是歐陽莊主讓管事把他派到北邊花田去了，那裡離這裡相隔二十里地，住也是住在那邊。

秦念心裡一驚，莫不是歐陽莊主擔心歐陽千紫會愛上哥哥，想棒打鴛鴦？還是哥哥上回設圈套，惹毛了歐陽千紫，其實歐陽千紫並不喜歡哥哥，便向歐陽莊主告狀，歐陽莊主氣不過，才將哥哥打發到北邊去？

她本想細問守門家奴，但這時已有丫鬟朝她走來，要引她去見歐陽千紫，只得先作罷。

第六十六章

秦念進了歐陽千紫的閨房，歐陽千紫正坐在妝檯前，嘟著嘴，一副生氣的模樣。

秦念心道壞了，定是哥哥惹到她了，說不定還會遷怒呢。

歐陽千紫一轉臉，見到秦念，突然轉怒為笑，從椅子上站起來，快步跑過去，一把拉住秦念的手。

「秦念，妳終於來了。」

秦念仔細打量歐陽千紫的臉，發現不過三日，她臉上冒火的痘痘已經褪去，只剩下一點點印子，皮膚也細膩了些。

「千紫小姐，我幫妳配的膏糖，妳服用得可好？」

「很好很好，連我娘都說我氣色變好了。而且，這幾日我睡得特別好，半夜不那麼容易醒來，脾氣也似乎好了些。」

「可我看妳剛剛還在生氣，不知是為何事？」秦念探問。

「唉……」歐陽千紫看著秦念這張與秦正元有些相似的臉，莫名就覺得暖心，張口欲說話，卻又頓住了，轉開話頭。「妳繼續替我熬製膏糖吧，現在就去。」語氣嬌橫，好像慢一點都不行。

秦念卻不挪步子，故意裝出一副欲言又止的模樣。

歐陽千紫有些急了。「妳是不是怕我不給錢？我家多的是錢，妳要多少，給妳就是。」

秦念聽歐陽千紫說到關鍵，忙輕笑一聲，解釋道：「千紫小姐，我來找妳，其實是有其他目的。」

歐陽千紫輕皺眉頭。「哦，妳有什麼目的？」這話聽著雖不舒服，但秦念能直接說出來，倒也爽快。

秦念道：「我想要你們莊園的玫瑰花，好做玫瑰膏糖。」

歐陽千紫聞言，頓時鬆了口氣，一甩手，大剌剌地道：「哎呀，我以為多大的事，原來是要玫瑰花。我們莊園裡最不缺的就是玫瑰花，妳想要多少，我現在就讓人採來。」

「不不不，千紫小姐，我在我們村裡開了膏糖坊，希望妳家莊園在花季時，能長年供應玫瑰花給我。」

「長年供應？」歐陽千紫撫著頭，一副不太懂的表情，但不過一會兒，便笑起來。「這個容易，我跟管事說一聲就可以了。」

秦念心中一鬆，但依然一副嚴肅的表情。「那煩勞千紫小姐了，我現在就去幫妳熬製膏糖。這膏糖最好是長久服用，可以保持妳的膚色。」

「真的呀！」歐陽千紫簡直不敢相信。「那往後妳常幫我做。」

秦念要的正是這句話，這樣一來，就不怕拿不到莊園的玫瑰花了。

不過，哥哥的事情還沒有問清楚，得再找機會開口問才是。

秦念去了廚房，見案板上已經備好玫瑰花瓣和蜂蜜，開始忙活起來。等膏糖熬製好，便親自拿瓷瓶裝好，放上托盤，去找歐陽千紫。

這時，歐陽千紫正雙手托腮看著銅鏡裡的自己，完全不見先前的跋扈和囂張，時而嘟嘴、時而發癡的模樣，倒像是在暗自神傷。

秦念走到屋中，將裝了膏糖的瓷瓶放在案桌上，才對歐陽千紫說：「千紫小姐，這次的膏糖，藥方根據妳的情況稍作調整，這是五日的量，還是照之前那樣外敷和內服。」

歐陽千紫正在發呆，完全沒感覺到秦念進了門，這時聽到秦念的聲音，臉色如陰轉晴般，立時有了笑容。

她起身走到秦念面前，看瓷瓶一眼，立即吩咐丫鬟。「快幫我泡一碗膏糖水。」

丫鬟應聲走到案桌邊，拿起早就備好的湯碗和湯勺來泡。

待歐陽千紫喝完膏糖水，秦念正準備問關於玫瑰花的事，孰料歐陽千紫竟一把牽住她的手，就往外走。

「我帶妳去見管事。有我出面，他一定會把花瓣送給妳的。」

秦念忙解釋道：「千紫小姐，我不要他送，我是要買，花錢買。」

歐陽千紫看著四周遍布的玫瑰花，癟癟嘴。「這些花瓣不摘的話，都掉在地上了，還花什麼錢，直接送妳就好。」能讓她變漂亮，送點花瓣又算什麼。
秦念卻道：「送的東西是不會長久的，我需要是長期買賣，這樣我也能安心一些。」
歐陽千紫聽了，點點頭。「行吧行吧，妳要怎樣就怎樣，反正妳得保證，把我的臉治得漂漂亮亮。」
秦念笑道：「這個沒問題。」

歐陽千紫所居的院子另一側，還有一棟十分方正，且更加雅致的大宅。
歐陽千紫牽著秦念的手，踏入高高的門檻，便歡笑著大喊一聲。「爹，娘。」
主位上坐著一男一女，男的相貌堂堂，女的風韻猶存，可見這對中年人應是夫妻，更可見他們在年輕時是何等郎才女貌，天造地設。堂前還站著一位長者，約莫五、六十歲的模樣。長者後面，有一位身著短衫的小廝。
主位上的婦人皺眉，嗔道：「千紫，不是與妳說過嗎？議事之地，不可隨意闖進來。」
這裡不僅是議事之地，更是招待貴客之所。這套四進的宅子，除前院外，裡面的院落都是留給貴客的。
秦念心中有點激動，原來坐在主位上的中年男子就是歐陽莊主，旁邊是他的夫人，也就是歐陽千紫的母親齊氏。
歐陽莊主見最疼愛的小女兒熱情地牽著身著粗布衣裙的小姑娘進來，覺得十分奇怪。這女兒從小被他慣壞了，向來不把別人放在眼裡，尤其是地位、家境不如她的人，更不用說。

這時，歐陽千紫已經拉著秦念走到父母跟前，但齊氏心裡也有和歐陽莊主相同的疑問，遂好奇地開口。

「千紫，這位小姑娘，為娘好像不曾見過？」

歐陽千紫鬆開秦念的手，再拉起齊氏的手摸她的臉，笑著問：「娘，您昨日不是誇我膚色好像變好了嗎？」

齊氏用指腹輕輕摸女兒嬌嫩的臉，點點頭。「的確變好了，妳臉上的痘子也淺了些。」

歐陽千紫指著秦念。「就是她幫我醫治的。」

「是嗎？」說話的是歐陽莊主，用質疑的眼神盯著秦念。「她與妳一般年紀，竟也懂得醫術？」

秦念抬手作揖，行了個大禮。「莊主，夫人，小女不才，粗通些醫術。」

歐陽莊主見這小姑娘的穿著打扮，應該是個鄉下姑娘，但不畏不懼的模樣，令她看起來落落大方，一點也不小家子氣。

齊氏問道：「小姑娘，聽說妳是用我們莊園的花瓣和著蜂蜜熬成膏糖，幫千紫治臉？」

秦念低頭回答。「還加了十幾味藥材調製。」

齊氏微微頷首。「嗯，小小年紀，倒是有些本事。」又從懷裡掏出一只巴掌長的小瓷瓶。「妳可知這瓶子裡裝的是什麼？」

旁邊的丫鬟小心地接過齊氏手中的瓷瓶，遞到秦念手中。

秦念打開木塞，放在鼻端一聞，暗暗一喜，但神情依然保持鎮定，淡淡道：「這是梨膏糖，是由小女所熬製的。」沒想到她託守門家奴送進來的梨膏糖，歐陽莊主雖沒看上眼，卻被莊主夫人看上了，還找來這麼精緻的小瓷瓶裝起來，隨身攜帶。

早在前日，齊氏品嚐過女兒用的膏糖後，便感覺女兒的玫瑰膏糖與她屋中的梨膏糖是出自同一人，所以此刻並不意外。只是這麼好的膏糖，竟出自這麼小的姑娘之手，還是令她刮目相看。

而且，她觀小姑娘一言一行，不僅有禮有節，還頗有氣度，不禁讓她懷疑，小姑娘出身應該不低，或是別有來歷。

歐陽莊主卻哼笑一聲。「好厲害的小姑娘，為了進我家莊園，倒是費了不少心思。」

秦念沒想到歐陽莊主一眼便看穿了她，雖有些緊張，仍保持鎮定，不慌不亂，索性抬眼直視歐陽莊主，淺淺一笑。

「承蒙莊主誇讚，小女的確是為了進莊園，才讓人把梨膏糖送給莊主，還主動與千紫小姐攀談，自告奮勇幫她調理身體。」

歐陽莊主心裡佩服這位小姑娘，但依然裝出冷峻慍怒的模樣。「還不快說，妳費盡心思進入我家莊園，所為何事？」

第六十七章

之前秦念便跟歐陽千紫言明，來玫瑰莊園是另有目的，所以歐陽千紫沒有怪秦念。不僅如此，因為她受益，還十分感激秦念，便開口為秦念解釋。

「爹爹，娘親，秦念不過是想讓我們賣玫瑰花瓣給她而已。」

秦念看了歐陽千紫一眼，微笑著以示感激，再把目光投向歐陽莊主。

「莊主，長陵縣城和鎮上的濟源醫館有賣我的膏糖，近來貨有些供應不上，我便在我們村裡開了一間膏糖坊，準備招募村人來幫著做膏糖。我做的膏糖有好幾種，但我覺得其中最好的，卻是玫瑰膏糖。」

齊氏對女兒用的玫瑰膏糖很感興趣，問道：「為何玫瑰膏糖是最好的？」

秦念道：「小女所調製的玫瑰膏糖可治肝鬱之症，女子吃了，不僅可以美容養顏，還可以延緩衰老，且有益肺寧心，和健脾開胃之效。」

「哦，當真有這般好？」齊氏沒想到，天天能看到、聞到的玫瑰花有這等功效，身為注重容顏的中年女人，又感興趣了幾分。

秦念點頭。「的確有這麼好。若是莊主和夫人願意在每年花季賣花瓣給我，我可以每年都為夫人和小姐做膏糖。」

「好好好，這個主意好。」歐陽千紫興奮得拍手跳腳。

齊氏瞪了女兒一眼，這般無禮，不像個大家閨秀。

歐陽千紫收斂起自己的動作，低首將小嘴一癟，再抬眼對歐陽莊主說：「爹爹，您就答應吧，您看那些花瓣都落進了花田裡，多浪費呀。再說，我們家有這麼多花，也不差給她的那些。」

秦念不說話，由著歐陽千紫幫她爭取。

歐陽莊主再看向秦念時，已緩和了臉色，目光移向堂下的長者。「管事，這事就由你來安排吧。」

管事拱手。「是，莊主。」

玫瑰花瓣的事情就此解決，秦念隨著管事去了花田。

他們邊走邊商議，管事給了秦念很合理的價錢，還安排幾位花奴幫她採摘花朵。

由此，秦念覺得歐陽莊主一家人以及管事，都是不錯的人。歐陽千紫表面上看起來囂張跋扈，其實是善良的性子。

臨走前，秦念本想去找歐陽千紫問哥哥去北邊莊子的事，但想了想，覺得這事不能著急，反正她過五日還要再來，便先擱下。

離開玫瑰莊園後，秦念坐上花香撲鼻的牛車，去了鎮上。

羅禧良早早就在醫館門口等著秦念了。

秦念下了車，滿臉歉意。「今日去辦些事情，來得晚些，實在抱歉。」當真是計劃趕不上變化，她不好催管事說她要去鎮上坐診，花奴們採花時耽擱了許久。

羅禧良抬頭看看已偏斜的日頭，笑道：「無妨，因為今日是妳第一次來坐診，所以我也沒有出門。」

秦念見羅禧良並無怪她的意思，心下一鬆，微微笑道：「我沒有坐診的經驗，還望羅醫工能多多指教。」

羅禧良謙然道：「談不上指教，就是有些事情與妳交代一下，好讓妳熟知這裡的情況。」目光轉向牛車上堆得滿滿的玫瑰花。「念兒姑娘可是從鎮子北邊的玫瑰莊園過來？」

秦念心道，羅禧良時常到各村莊走動，一定也知道玫瑰莊園，便點點頭。

「是啊！今日與莊園的主人訂下賣玫瑰花給我的事，往後我也可以供應玫瑰膏糖給濟源醫館了。」

羅禧良欣喜道：「如此甚好。念兒姑娘好本事，竟能與歐陽莊主結識，還拿到玫瑰花的貨源。」

秦念撫著頭，笑著說：「我也沒有什麼能耐，只因歐陽莊主一家人都是好相與之人。」

羅禧良心道，歐陽莊主結交的可都是京城來的達官貴人，定是秦念想了些辦法，才能得到歐陽莊主的肯定，拿到這般好的貨源。

不過，對於此事，他不多問，對秦念更佩服幾分，覺得這小姑娘絕對不容輕視。

於是，他親自掀簾，將秦念請進了醫館。

秦念走進醫館，見裡面佈置得別有用心，專屬於她的案桌上，除了筆墨紙硯和一整套全新的診具外，還擺了正燃著裊裊青煙的香爐，另有果盤和糕點。

「羅醫工，這些不必要的東西，還是不要放在這裡。」她挪開熏香爐和裝有水果點心的盤子，只留下診具和筆墨紙硯。

羅醫工點頭笑道：「念兒姑娘當真是大仁大義之人，羅某佩服至極。」覺得自己還不如這小姑娘想得周全。

接下來，羅禧良仔細為秦念介紹了這裡的藥材，內宅裡還為她準備了一間廂房，以備不時之用。

秦念想著，這廂房用處應該不大，但也怕有時碰到急症的病人，會耽閣她回家的時辰，需要在此住上一夜。

對於羅禧良的用心安排，秦念表示很滿意。

鎮上的居民還不知道醫館下午有看診，所以沒有人前來。羅禧良也顧念著秦念牛車上的玫瑰花會失去新鮮，讓秦念看過醫館的情況後，就趕著讓秦念離開。

「念兒姑娘，今日沒什麼事，妳還有玫瑰花要回去處理，我就不耽誤妳了。」

秦念沒想到羅禧良如此善解人意，感激地道：「多謝羅醫工，我下回一定早些過來。」

羅禧良笑道：「念兒姑娘又要學醫、又要做膏糖，還得來坐診，委實辛苦。往後妳來坐診，若稍晚一些到，也沒有多大關係。」

秦念卻道：「那可不行，下回我定會早些過來，以免讓人等著。」

羅禧良彎唇一笑，也不多話，只覺這姑娘當真千般萬般的好，讓人說不出哪裡有壞處。

秦念臨走前，羅禧良突然欲言又止。「念兒姑娘……」

秦念正準備上牛車，聞聲回頭看著羅禧良。「羅醫工，還有什麼事嗎？」

羅禧良沈默片刻，道：「妳的膏糖坊開業那日，我可否過去看看？」這幾天他險些沒耐住性子，差點去了白米村，又擔心他突然造訪會給秦念添麻煩，才提出這樣的要求。

秦念欣然笑道：「我們的膏糖本就是供應給你家的濟源醫館，如果你能在膏糖坊開業那日過來捧場，膏糖坊必然增光不少。」

羅禧良聞言，心情甚好，忙道：「那我們說好，待到膏糖坊開業那日，我過去祝賀。」

秦念拱手。「敬請蒞臨！」心下也十分高興，羅禧良到場，定會讓村民們更加信任她、支持她。

羅禧良看著秦念上了牛車，目光裡，帶著對膏糖坊開業的期待。

秦念回村時，還是有些晚了，天色已然黑透。

韓啟在橋上候著。他知道秦念今天事情多，所以回來得晚些，也在意料之中。

秦念如實說了玫瑰莊園的事，直道她當真是運氣好，之前送給歐陽莊主的膏糖，居然被莊主夫人喜歡上了，不然歐陽莊主也不會這麼爽快地答應把玫瑰花賣給她。

到了韓家，秦念趁著花兒還鮮嫩，與韓啟不辭辛勞，花了一整夜，配著藥材，將鮮花熬成醬，做成膏糖。

這回，因為歐陽千紫的關係，秦念發現，用蜂蜜做出來的膏糖要比冰糖做的藥效更好更快，於是生出一個想法，想發動村子裡的村民到山裡抓野蜂來養，往後也好多收集蜂蜜，讓膏糖的藥效更甚。

韓啟很支持她，說這件事交給他來辦。

秦念休息一個時辰後，便開始了味園的忙碌。

味園的修繕，繼父和母親都說不讓她操心，韓啟也幫她分擔許多事，比如上山採藥和養蜂，因為他在白米村的地位，有能力去做的村民，都被他發動起來。

而秦念則在村口的大曬麥場上擺了張案桌並一把椅子，開始招募味園的工人了。

第六十八章

招募的第一日，前來的人十分多，大部分都是婦人。

可奇怪的是，到了第二日，不僅沒有人來，且過來的都是前一日說好，如今卻要反悔的村民。

傍晚，秦念帶著失望和疑惑收工去了韓家。

這時，韓啟還在外面，她跟韓醫工說起此事，但韓醫工也不知道哪裡出了問題，讓秦念不要著急，等韓啟回來後再商議。

這日，韓啟走家串戶，在村民家中也聽到了一些耳語，回來後，見秦念一臉鬱悶地坐在院子裡，忙過去關心。

秦念道：「不知怎麼回事，今日不僅沒什麼人來，昨日說好的還回來退了。」

韓啟沈吟片刻。「今天我也聽到一些話，似乎有人覺得味園是座凶宅，去了那裡做工，會對家人不利。」

秦念秀眉微蹙。「那昨日怎麼沒有人這樣認為，到了今日便有這種想法？」

韓啟凝眸。「定是有人在作怪。」

太陽西落山頭，秦念和韓啟去了李二叔家，找他的妻子李苗氏。

昨日全靠著李苗氏幫襯，才會有這麼多村民過來。秦念也早早與李苗氏說好，讓李苗氏在味園當管事，幫她打理膏糖坊。

今日李苗氏沒有到曬麥場去，秦念覺得李苗氏似乎也想退出，所以特意前來問問。

秦念見到李苗氏，直接開口道：「李二嬸，這麼多人不肯來味園幫忙了，妳知道是什麼緣故嗎？」

李苗氏面露難色，扭頭看向李二叔。

李二叔不耐地對她吼道：「有什麼話就直說，念兒待我們好，我們更不能隱瞞此事。」

李苗氏把目光轉回秦念臉上，滿臉歉意。

「念兒，昨晚我與幾位村婦在味園收拾完屋子出來，在外面撞見厲鬼，當時可嚇得我們……」臉色都變了，一副受驚不小的模樣。

昨日上午，秦念招了些人後，讓李苗氏帶著他們去味園收拾繼父做工後殘留下來的渣土和木屑，好早些訂下日子，讓膏糖坊開業。

「厲鬼？」秦念擰緊眉頭，看著李苗氏。

鬼神之說歷來有之，秦念雖未親眼目睹，但也無法否定它的存在。

韓啟問李苗氏。「李二嬸，當時妳見著那鬼，是長什麼樣子的？」

李苗氏站起身，雙手開始比劃。「當時我提著燈籠，看到一條白影在我們面前晃來晃去。那鬼是個女的，身子比我胖些，穿著一身白衣，頭髮有些發白，亂糟糟地披在前面遮著臉。我想她應該是那套宅子的主母，覺得我們占了她家的屋子，找我們索命來了。」說著，臉色都變得慘白起來，身子也微微發顫，可見昨夜被嚇得夠慘。

這幾日，李二叔一直幫秦念在宅子做工，雖然心裡不確定是不是宅子的主母，但顧念著秦念的面子，輕斥了李苗氏一句。「定是你們看錯了，可別在這裡瞎說。」

李苗氏瞪著眼睛，大聲辯駁道：「我們沒有看錯，真的是鬼。」

秦念站起身來。「李二嬸，妳先好生歇息。」

李苗氏一把拉住秦念。「念兒，那妳招工的事情怎麼辦？」

秦念沈默片刻，道：「明日我還是去曬麥場。不過今晚我會去查查，看味園是不是真的有鬼。」

李苗氏一副很肯定的樣子點著頭。「沒錯，真是有鬼的。」

秦念說：「嬸子，若真是有鬼，我便請先生來看一看，如果那宅子真不適合開膏糖坊，就作罷，再另尋別處。」

李苗氏放心了。「如此甚好，我們村子空地多的是，若那宅子不成，念兒也可以花點錢再蓋間房子來。」她知道秦念手上有些錢，再說難得秦念這般看得起她，願意讓她當管事，她可不想失去這個既能賺錢養家，又能撐面子表現的機會。

秦念笑了笑，與韓啟告辭離開。

秦念與韓啟走在路上，各自沈默，心中想的卻是同一件事。

「啟哥哥。」

「念兒。」

兩人幾乎是同時相互看著對方，喊著對方的名字。

「你先說。」秦念示意。

韓啟道：「妳真打算今晚去味園探查？」

秦念點頭。「嗯，我一定要去。」

韓啟皺眉。「妳不怕？」

秦念也擰起秀眉。「怕也要去，而且有你在。」

韓啟點頭一笑。「好，我陪妳。」

另一邊，李二叔和李苗氏正卯足了勁在爭吵，把翠枝嚇得大哭不止。他們夫妻倆向來相處得十分和睦，鮮少吵架，尤其是這般大吵，更是從沒有過的事。

最後，李二叔出手打了李苗氏一巴掌，李苗氏在屋裡哭了半個時辰。

末了，李二叔也覺得自己做得有些過了，便去屋裡跟李苗氏道歉，待到李苗氏氣消了大半，才講出一番道理來。

「念兒年紀這麼小，就想著要盡力造福白米村的村民，她也是因為想照拂我們家，才讓妳去味園當管事，可妳倒好，被鬼一嚇，腦子就嚇壞了，想甩手不幹。妳是管事的，妳不幹，其他村民自然也不敢幹了。這樣一來，妳說念兒的膏糖坊還開不開得成？」

「可是……」

「別可是什麼。妳想想，就算真有厲鬼，我們這麼多人在一起，那陽氣也該把陰氣蓋過去，厲鬼便不敢來了。

「總之，我們得感恩。妳看念兒這麼看得起我，有賺錢的事情，回回都能想到我，還生怕我吃虧。再來，妳看每回念兒去鎮上，都會給翠枝帶些零嘴，上回還替翠枝買了小人書，說往後要教她識字。

「我們不能做那缺德的人，不僅不知恩圖報，還要毀了味園。若是這樣，往後我們會遭人唾棄的。」

李苗氏聽到這裡，抬手抹了一把眼淚，點頭道：「是，你說得對，我萬不可做這樣缺德的人，不能扯念兒的後腿。」

李二叔見媳婦的腦子開了竅，終於鬆下一口氣。

第六十九章

這日，秦念在韓家吃晚飯，吃過後，天色黑盡，便趁黑與韓啟去了味園。

夜黑天高，兩人趴在屋頂上守著，耐著性子、一聲不吭地守了整整一夜，直待天將破曉，也沒有見到厲鬼來。

「那些村婦們能見鬼，怎麼我們就見不著？莫非是鬼怕我們，不敢來了。」

秦念癟著嘴，與韓啟並肩往回走，嘴裡咬著一根狗尾巴草。

她精神倒是好，因為她守到大半夜時，撐不住，不知不覺靠在韓啟的肩頭上睡著了。

韓啟愣是一動也不動地讓她倚著，待到她醒來才知道，韓啟還把身上的袍子脫下來，蓋在她身上。

幸好韓啟身體底子好，時值初夏，夜裡不是太涼。

「要不，我們多守幾夜？」韓啟道。

秦念扭頭看著韓啟眼皮子底下沈沈的青黑，一臉不好意思。「讓你受累了。」

先前她說，這膏糖坊若是開起來，算是她與韓啟的，將來賺的錢與他對半分。但韓啟偏不要，說這膏糖坊是她一個人的。

錢歸她賺，力卻是韓啟在出，她實在不好意思，心裡也很不安。其實，她是真希望這膏糖坊有韓啟的一半，這樣的話，她才覺得她和韓啟會永遠綁在一起，不要像前世那般分離。

韓啟抬手輕撫她有些凌亂的頭髮，笑道：「傻念兒，我才不累呢！」不知怎的，只要與她在一起，時時刻刻都是快樂的，全身血液似乎都在沸騰著，讓他感覺不到累。

秦念感受著來自他掌心的溫暖，剛想著前世的事情，忽地心中一窒，覺得韓啟此刻越是對她好，她越是害怕失去他。

韓啟見秦念神情微變，蹙眉道：「念兒，妳怎麼了？不會是昨夜凍著了吧？」

秦念忙彎唇一笑。「沒有，啟哥哥，我們各自回家歇息吧，今晚還要去味園抓鬼呢。」

韓啟見她笑了起來，這才放下心，點點頭，先送秦念回去。

此刻，秦氏正在院子裡踱著步子搓手，一見女兒進門，操了一夜的心立時放下來，幾步上前拉住女兒的手。

「念兒，妳終於回來了。昨夜看到鬼沒有？」她一夜未睡，就怕女兒被鬼吃了。

秦念見母親眼下也是兩團黑，道：「娘，您不用擔心我，我和啟哥哥在一起呢！昨夜也沒見到鬼來。」

一會兒後，秦念吃過早飯，沒有在屋裡休息，而是去了村口的曬麥場繼續擺桌招工。

她的屁股還沒有坐下，便看見一大群村民由李苗氏帶著，朝她這邊走來。

待到鬧哄哄的一群人走近時，李苗氏笑吟吟地對秦念說：「念兒呀，昨兒個妳李二叔與我商量了一夜，他說妳的話是對的。那宅子雖是凶宅，陰氣盛，但若我們的人聚集得多些，男人也來得多，陽氣足了，鬼便不敢來了。所以我想著，妳這邊多招些男丁，讓他們幫著劈柴燒灶，做些粗活。」

原先秦念還想著，若雇來的人男女混雜，怕會招村裡人閒話，現在聽李苗氏這麼一說，放下心來，笑著道：「李二嬸，其實我就是想招些男人做力氣活呢！」

「念兒，我劈柴可是一把好手，我來！」

「我力氣大，可以幫忙抬罐子。」

一時之間，男子和婦人們都湊上前去。

招工的事落定，今晚秦念就不需要再捉鬼了。

味園後院有四間廂房，秦念安排了阿三夫妻住一間。另外三間，她打算自己住一間，給韓啟留一間，另一間以後再看如何用。

阿三夫妻搬到白米村不過一年，兩人住的草屋卻在幾個月前的風雨襲擊下倒塌。秦念看他們沒有地可種，全靠著在外面打獵、摘野菜維生，可憐他們，便讓他們來幹活，搬進味園住。

康有田幹活賣力，又有李二叔幫忙，味園的修繕工作已完成大半。秦念招到人手後，也叫所有雇工到味園幫忙。

一時之間，味園熱鬧非凡，男漢們修灶臺，幫忙打造桌椅板凳。婦人們則在李苗氏的安排下，有的去山邊上撿乾柴，有的負責打掃。

秦氏也來味園，想幫秦念出一分力。

秦念知道母親算帳是把好手，父親在世時經營藥材生意，就是由母親管錢，遂把帳務交給她。

接下來，味園一切安排妥當，只待燒灶開業。

這幾日，沒人見鬼，村民們便將鬧鬼之事放在心底，沒再拿出來說。

很快到了秦念要去玫瑰莊園替歐陽千紫複診的日子。

她打算早早去過莊園後，下午正式去邀請羅禧良，到白米村參加味園明日的開業禮。

其實歐陽千紫的情況並不嚴重，複診一事不過是說說，她要做的，是替歐陽千紫調製膏糖，讓歐陽千紫的體質變得更好，皮膚變得更美。

歐陽千紫相當於是她的作品，要證明給歐陽莊主看，做玫瑰膏糖是一件極有意義的事。

上次她帶回去的鮮花都做成了玫瑰膏糖，便帶了一罐來，可以直接給歐陽千紫用，省下不少工夫。

天還未亮，秦念便與李二叔出發，所以到玫瑰莊園時，才辰時正。

按照上回跟管事所商議的，這回要採摘沾有露水的玫瑰花瓣。

秦念到的時候，花奴們已經採摘好，足足有四十筐。

這、這實在有點多呀！

秦念高興過後，卻是擔憂。雖然味園的灶已經起好，也備足柴火，甚至韓啟還幫她訂製熬膏糖的鐵鍋和裝膏糖的陶罐，但這麼多玫瑰花，她怕味園的工人會手忙腳亂，應付不來。

而且，也沒有備足同等分量的藥材。

就在秦念為此事有些頭疼之際，忽見歐陽莊主帶著夫人齊氏和歐陽千紫，及幾個婆子、丫鬟朝她走過來。

據聞歐陽莊主只有娶一房夫人，並未納妾。齊氏就生了兩個女兒，大女兒嫁到京城，成了相府的小夫人，小女兒歐陽千紫則待字閨中。

歐陽莊主出身前朝的世家大族，朝代更替之間，家族沒落，但瘦死的駱駝比馬大，再加上歐陽莊主文韜武略有大才，又曾在機緣之下救過當今皇帝，與皇帝成為莫逆之交。

因此，他雖未在朝中做官，卻依然能在官場和皇室左右逢源，大女兒嫁進權貴之家，可見歐陽莊主是位能謀善斷之人。

秦念在歐陽莊主面前雖表現得落落大方，但心底還是十分敬畏歐陽莊主的。

此刻，她見到歐陽莊主過來，連忙雙手拱起施禮。「小女秦念見過莊主、夫人。」

上回歐陽莊主神情嚴肅，這回，竟擺出一張清潤的笑臉。「念兒姑娘，妳倒是守時，這麼早就過來了。」

秦念淺淺一笑，不多言。

歐陽莊主笑看著滿筐滿筐的玫瑰花，開口問道：「念兒姑娘，這些玫瑰花可還夠？」

秦念忙道：「夠的。」心裡疑惑，摘花之事，歐陽莊主已盡數交給管事負責，為何要親自過問？

歐陽莊主微微頷首。「嗯，夠就好。花期只餘一個月了，接下來我會讓管事安排，每隔三日便將花摘好，送去你們村裡。」

「啊？」秦念驚訝地張大嘴巴，看著歐陽莊主，十分不解。

歐陽莊主笑道：「我讓沐青和關九去白米村打探過妳開膏糖坊的事，村民們都誇妳辦事周全，年紀這麼小，就能做這麼大的事，我也是聞所未聞，所以便想助妳一臂之力。往後花期時，我自會派人如時將鮮花送去白米村，不必妳費功夫過來取。」

哇！秦念精緻的小臉上瞬間堆滿笑意，興奮得不知如何表達了，一時之間，語無倫次。

「多、多謝莊主！小女多……」說了半天，也沒有說出一句完整的話來，只得低首，嘻嘻一笑。

此刻她倒是表現出正常小姑娘該有的表情和動作，令歐陽莊主很意外，同時也很高興。這麼小的年紀，表現得太成熟，會讓人很心疼。莫名地，歐陽莊主心中泛起一股濃濃的父愛。之前他總在想，這姑娘如此懂事，定是經歷了常人不曾經歷過的事情。

這時，齊氏款步走到秦念面前，歐陽千紫跟在她身側。

齊氏打量女兒的臉一眼，再看向秦念。「妳倒是頗有本事，千紫經妳這般調理，不僅睡得好，皮膚當真也好了不少。」

歐陽千紫突然傾身，笑著湊到秦念耳邊，小聲地說：「這回我來癸水時的疼痛也好了，我娘在鎮上醫館請了羅醫工來看診，說我是吃玫瑰膏糖吃好的。」

秦念聞言，頓時了悟，難怪歐陽莊主和齊氏會對她如此照拂，原來是羅禧良幫她說話。但玫瑰膏糖的確可以調理月事時的疼痛之症，羅禧良說得也沒錯。

讓秦念開心的是，這回歐陽莊主不僅答應如期送來玫瑰花，還會按月定期提供蜂蜜，讓她用蜂蜜調製部分的玫瑰膏糖，他打算每月訂一批膏糖放在莊園，好送給京城來的貴人。

自己做的玫瑰膏糖能給京城的貴人用，這簡直太讓秦念開心了。

四十筐的玫瑰花和三十罐蜂蜜在管事安排下，用莊園的馬車裝載好，準備出發。

秦念交代領頭的馬夫，讓他直接把貨送去白米村的味園。

現在韓啟正在味園，想必他看到這麼多的玫瑰花，一定知道要怎麼處理。

接下來要找相配的藥材了，秦念想著，得找羅禧良買一些。

第七十章

臨走前，秦念找上歐陽千紫，問起哥哥的事。

孰料一提到秦正元，歐陽千紫就變了臉色，卻又什麼都不願跟秦念說。這般生氣的樣子，也不知道是在生秦正元的氣，還是在生別人的氣。

秦念覺得歐陽千紫是個怪性子，先前看她跋扈囂張，後來又發現她心地善良，現在又感覺她的性子不似表面那般開朗，好像有些內向。

出莊園大門時，秦念給了守門人一些錢，向他打聽哥哥的事。

守門人朝莊內看了一眼，才低聲道：「是莊主覺得千紫小姐與妳弟弟太親近了，兩人身分懸殊，便將妳哥哥調去北邊莊子。」

當真是這回事，秦念反而安下心來。見今日歐陽千紫的表現，定是不會甘休，如此一來，反而更能讓歐陽千紫對哥哥上心。

不過這事還是很懸，往好處想，說不定歐陽千紫能以歐陽莊主對她的寵愛，說服歐陽莊主把哥哥調回來；往壞處想，萬一惹惱歐陽莊主，歐陽莊主會把哥哥趕出莊園，從此哥哥無法再進去，向歐陽莊主求師之事，也只能成為泡影。

於是，帶著對秦正元的擔憂，秦念離開了玫瑰莊園。

鎮上的濟源醫館裡，羅禧良並沒有出診，看來又是在等著秦念過來。

這時，正有兩位病人來求診，想必是看了外面的招牌，知道這日午後會有醫工坐診。

待羅禧良看完這兩個病人，便對他們介紹秦念。「這位就是秦醫工，往後會按著招牌上的日子和時辰，在醫館坐診。」

其中一個大叔看著秦念，笑著問：「秦醫工，當初元兒巷孫良海的娘子難產，莫非就是妳幫忙接生的？」一臉驚訝，這小姑娘有些小呀，竟然能做醫工的事情，太了不得了。

秦念不知道上次難產那家的主人名字，羅禧良便幫著回答道：「正是她，往後你們盡可放心來看診，也煩請你們將此事告知鄉鄰。」拱起手來。

兩個病人道：「醫館能有醫工坐診，是我們的福氣，自然會轉告的。」

秦念對他們微微一笑，以示感謝。

待到兩位診客走了，秦念先跟羅禧良說起藥材之事。

「今日我去玫瑰莊園，那邊幫我備了四十筐鮮花，我家藥材不夠，怕是要向你買些。」

羅禧良笑道：「這自然沒有問題，妳要哪些藥草，寫下來，我讓夥計去庫房幫妳拿。」

於是，秦念立時去她的案桌旁，寫好需要的藥材，再交給夥計，讓他去配。

等夥計把藥材搬上車，羅禧良便趕秦念離開。「念兒姑娘，近來妳的膏糖坊事情多，還是先回去吧。待後面工夫多些，再按時辰來坐診。」

這時秦念才想起，還未跟羅禧良說明日味園要開業之事，於是拱起手來。「羅醫工，明日白米村的味園膏糖坊開業，還請你大駕光臨。」

「明日就開業？」羅禧良本以為還要十天半個月呢，畢竟要開一間作坊，事情是很多的，沒想到秦念這麼快就能開業。

「是啊，明日辰正。」

羅禧良也拱手。「多謝念兒姑娘相邀，明日我定會按時到場。」

有羅禧良的體諒，秦念在集市採購了些作坊需要的什物，早早回了白米村。

牛車直接去了味園，這時院子外擺滿水盆、水桶，裡面盛裝著洗淨的玫瑰花，紅豔豔一片，看起來格外喜慶。

一個正在院子裡忙活的大嬸見秦念來，立時笑吟吟道：「念兒，今日送花來的馬車可真氣派，足足八輛車，那陣仗可把我們嚇壞了。後來，那車夫說是專程送花瓣到味園來，還說是他們的莊主親自安排的。念兒，妳真是太有本事了。」

接著又有幾位村婦一頓誇讚，秦念皆是淡淡笑過，找韓啟說了下今日的情況，便將所有工人召集到大院裡來，替他們安排好各自的工作。

晚飯後，秦念開始教工人們熬膏糖。

為了明日的開業，這夜工人們在秦念的指導下，熬製出五種膏糖，分別是玫瑰膏糖、梨膏糖、桂花膏糖，以及桑葚膏糖，還有梨子加上桂花的桂花梨膏糖。

由於玫瑰花太多，熬製的工夫也長，所以除了玫瑰膏糖外，其他的膏糖都只備了少少的分量。

翌日辰時，味園被佈置得喜氣盈盈，工人們也換上秦氏帶著幾位村婦連夜縫製的衣裳。之前秦念特意交代過，熬膏糖的工人一律得戴帽子，為的是不讓毛髮掉入膏糖裡。為此，她還自己設計出一款帽子來，可以把頭髮都包進帽子裡。

離辰時正還差半個時辰時，羅禧良騎著高頭大馬，屠三駕著一輛載貨的馬車到達味園時，見到的正是一眾身著青藍色衣裳、頭戴同色帽子的工人分兩邊站得整整齊齊的場景。這排場與大戶人家有得一拚，毫不遜色。

連向來沈默寡言的屠三都忍不住開了口。「念兒姑娘能把人管教成這樣，當真可以去京城當女官了。」

羅禧良笑道：「她年紀這麼小，便有此能耐，待到她成人，怕是更不得了。」自他識得秦念以來，夜夜夢裡皆是她長大成人的模樣。與之並肩，與之偕老！

秦念聽到馬的嘶鳴聲，便知羅禧良如約而至，喊著韓啟從屋裡出來，迎了過去。

韓啟也想見見羅禧良，因為往後秦念要時常在羅禧良的醫館坐診，他總是心有不安。

這時，羅禧良下馬，一眼瞅見穿著青藍長裙的秦念與一俊美少年從門前並肩走出來，心中忽地一窒。

少年雖著短衫，但其身姿、樣貌卻是非凡，眸子中透著一股貴公子才會有的桀驁，完全不似鄉民模樣。少年腰間所挎之劍，式樣雖普通，但憑著見識，他知道這是一把玄鐵劍，不是一般人能擁有。

這少年，一定不是白米村的人。

難道他就是秦念口中說的，那位時常與她一道上山採藥的師兄？

羅禧良胸口瞬間變得沈甸甸，好像近在眼前的山嶺上墜下一顆巨石，直擊心頭。

第七十一章

村裡的男工多數都在外打過仗，懂些禮節，見著有貴客前來，自是主動去牽馬。

羅禧良的馬匹被繫在宅子旁邊的銀杏樹下，屠三則招呼了幾位男工，將馬車上的東西卸下來。

秦念瞧見六口大箱子及六只大陶罐，皆用紅綢繫著，顯然是開業的賀禮。

大陶罐上各貼著方方正正的酒字，就不用猜了，但那六口大箱子裡裝的是什麼呢？

村民們比秦念還要好奇，因為這位俊秀的錦衣公子騎著高頭大馬，還帶著一車綁著紅綢的禮物，實在像極了下聘。要不是今日味園開張，人家還真以為是來送聘禮的。

羅禧良定了定神，指著六口大箱子，對秦念道：「念兒姑娘，這箱子裡裝的是嶺南和南海荒島上的藥材，小部分是外夷商人帶過來的，就當是恭賀妳今日開業的薄禮了。」

秦念盯著箱子，咋舌道：「羅醫工，你送這麼貴重的禮，我……」

「念兒姑娘。」羅禧良不等秦念拒絕，開口打斷她的話。「這回妳可不能說不收，開業收禮，只有進不能出，圖的就是個吉利。」

秦念雖不安，但想著要討吉利，也不好再拒絕，心道往後在濟源醫館看診時，定要盡心盡力。

她對羅禧良做了個請的手勢，待走近門前，見韓啟表情不冷不熱，看不明情緒，忙對羅禧良道：「羅醫工，這位是我的師兄，韓……」話到嘴邊，突然想起韓啟是躲進白米村的，不知能不能說出他的名字。

韓啟擠出笑容，對羅禧良拱手。「鄙人韓啟，是念兒的師兄。」

羅禧良回禮。「久聞念兒有位師兄，早就想見上一面，今日能與你相識，真乃羅某三生有幸。」

韓啟淡淡一笑，旁人看得眼都直了，覺得笑得又俊又暖，但羅禧良卻能深深感受到，韓啟笑容裡飽含著的戾氣。

秦念並沒有看出兩人表情下的風起雲湧，招呼羅禧良進了味園，好生介紹一番。

一會兒後，吉時將至，一位工人來傳話，說里正已到門前，正由韓啟照應著。

秦念忙招呼羅禧良去門前，並邀請羅禧良幫她說幾句體面話，好鎮鎮場子。

羅禧良笑言早有準備，讓她不必憂心。

這時，味園外面黑壓壓圍了數百人，應該是白米村所有的老老少少全來看熱鬧了，還有不少孩童在嬉鬧。

秦念見到里正，先是躬身行禮，再介紹羅禧良。

里正摸著山羊鬍，笑看著羅禧良。「濟源醫館在我們長陵縣可是鼎鼎有名，聽聞令尊還曾被請進皇宮，替當今皇帝看過病。」

羅禧良謙然拱手。「里正大人過獎了。」

眾人聽見里正的話，瞬間對羅禧良又多了幾分敬意。

此刻吉時已到，負責主持的里正嗓門大開，與鄉民們說了好一番話，又把秦念與韓啟在白米村做的功德拿出來誇了一通。

其實，秦念起初並沒有想過里正會給面子過來，還是韓醫工跟韓啟說了，味園若是想得到村民們的認可，最好去請里正來主持開業。

於是，韓啟便去商請，沒想到里正立刻就答應了。

說起韓醫工，他今日並沒來。

秦念頭一個想到主持開業的人選是韓醫工，卻沒想到，韓醫工不僅沒答應，還說他最不喜歡湊熱鬧，就在心裡默默祝願味園開業大吉，到場就不必了。

里正說完話，便輪到羅禧良。

「鄉親們，今日味園膏糖坊開業，羅某能受秦念姑娘邀請前來，實感榮幸之至。秦念姑娘所製的幾種膏糖，在縣城的濟源醫館賣得極好，都斷貨了，我父親好幾次派人來問，幾時才能再供貨？

「前些日子聽聞秦念姑娘要開膏糖坊，我心中十分高興，這樣一來，我家醫館的膏糖就不會再斷貨。因此，我將與秦念姑娘簽訂一份契約，請味園膏糖坊長期供應各種膏糖給濟源醫館。」

說到這裡，羅禧良對左右兩旁的工人拱手。「往後濟源醫館與味園膏糖坊齊心一力！」語畢，如雷般的掌聲響起，工人們的臉上洋溢笑容，覺得有了濟源醫館羅公子這番話，便有了盼頭，覺得味園能開得下去，可以賺到錢。

更多的，是他們對秦念的感激之情。

對於契約之事，秦念事先並不知曉，這算是羅禧良給她的第二份賀禮嗎？這賀禮也太突然、太重要了。

原本秦念還擔心，萬一哪天濟源醫館不想要她的膏糖，那她的膏糖坊如何開下去？這下可好，有了契約，就不用擔心了。

這時，屠三已從馬車上拿下筆墨紙硯，在一旁伺候的李苗氏趕緊帶著人進內院，搬出一張高桌和高椅。

羅禧良請秦念坐於高桌旁，蘸墨揮筆。不一會兒，契約寫成，屠三幫著將墨跡未乾的契約恭敬地拿到秦念面前，請她過目。

羅禧良微笑著道：「念兒姑娘，妳且認真看看，若是有不足之處，請予指正。」

秦念仔細看著契約，覺得方方面面都是向著膏糖坊的，很是滿意，對羅禧良點點頭，說沒問題。

屠三見狀，立時將備好的紅色印泥放在秦念面前，秦念按上自己的手印，再把契約遞到羅禧良面前，看著羅禧良也按下手印，興奮緊張得突突跳的心，才稍稍平靜了些。

簽好契約，接下來輪到秦念說話。

秦念雖能做事，卻不太擅長說場面話，只講了幾句，便宣佈正式開灶做膏糖。羅禧良和里正則被請到味園前院的廳堂吃茶點，由韓啟作陪。

韓啟說是作陪，卻如同一尊菩薩坐在那裡，一言不發，只靜靜聽著羅禧良與里正閒話。

這羅禧良看起來斯文，倒是頗能說會道。

秦念陪了他們喝幾盞茶後，起身告辭，得去指導工人熬製膏糖。

秦念走出門檻時，撞見端著一盤糕點、身著粉裙的女子，仔細一看，女子頭上簪了幾朵野花，臉上抹了麵粉、塗了胭脂，正是康琴。

「康琴，妳怎麼在這裡？」

秦念覺得，其實康琴長得還算不錯，五官清秀，膚色也好，可這般打扮之下，反倒顯得浮誇，讓人覺得她是另有目的。

康琴早做好被秦念懷疑的準備，將練習了一百遍的說詞講出來。「是嬸嬸讓我來幫忙的，說這裡人手不夠，叫我做些端茶送水的活。」

因為臉頰上抹著豔紅色的胭脂，看不出她臉紅，但那微微發顫的聲音，還是讓人聽出了她的心虛。
秦念心道，康琴嘴裡的嬸嬸，不就是她娘嗎？
於是，她從上到下打量康琴的裝扮，精緻小臉上露出笑容。「那妳進去吧，小心些，盤子端穩。」
康琴聽了這話，心中有氣，可如今秦念本事比她大，身分比她高，只能冷冷瞥秦念一眼，再深呼吸一口氣，端著盤子進了廳堂。
秦念沒空看康琴的好戲，也不願在這種人身上浪費精力和功夫，急急去了作坊。
另一邊，當韓啟瞅見康琴時，剛抿了一嘴的茶水險些噴出來，不苟言笑的表情也瞬間亮起來。
羅禧良正與里正說話，發現韓啟有異樣，連忙扭頭看過去，也見到了端著盤子的康琴，頓時一愣。
康琴見自己一進門，韓啟和羅禧良的目光都挪到自己身上來，且表情不同一般，十分興奮，覺得自己定是打扮得很漂亮，才會引得他們注意。
她不由羞澀一笑，肚子一收，腰肢扭擺起來，款步走到他們面前，將秦氏所做的芝麻燒餅小心翼翼地放在他們身前的小几案上。
里正看著康琴翹起來的屁股，及地的粉布裙襬被過堂風一吹，拂到他身上，一雙細眼瞬間放光，兩撮山羊鬍子也隨著他抿唇的笑容揚起來。

羅禧良和韓啟不約而同地看里正一眼，心中了然。

這頭老牛見了嫩草，怕是口水直流了。

第七十二章

里正待在白米村二十餘年，無甚貢獻，但因他哥哥是京城富商，向來不缺錢花，也不貪心，所以沒做過什麼不恰當的事。

只是，他屋裡除了老妻外，還有兩房妾，算是窮苦的白米村裡，唯一有妾室的男人了。

康琴並不知道，她這番俗豔的裝扮，沒有贏得韓啟和羅禧良的好感，反而將里正的心勾住了。

康琴將芝麻燒餅放妥，起身時，先朝韓啟瞄了一眼，見韓啟頭一偏，不再看她，就像平常那般，欣喜的心情瞬間沈下，但隨即又笑了起來，目光轉向羅禧良。

她早想好了，若能得到韓啟的歡心，自是最好的結果；若是不成，讓羅禧良看中她也行。畢竟羅禧良也是翩翩公子，還是濟源醫館的少公子，不知道多有錢呢。

方才羅禧良還沒有仔細看康琴的臉，這會兒仔細打量，發現有些眼熟。他記性好，憶起前事，連忙問起康琴。

「上回我來白米村，可是有遇見姑娘？」

康琴想也沒想，抿唇笑著連連點頭，嗯了一聲。

羅禧良頓時拉下臉，回想過去幾個月辛苦奔波，在各個村莊尋找秦念，不承想，其實他第一次來白米村就找對了，卻被這不討喜的丫頭攪和，害他浪費多少口舌和腿腳。

康琴見羅禧良臉色大變，嚇得惶恐不安，想起之前瞞騙羅禧良，說白米村沒有秦念這人之事，心頭一慌，連忙低下臉，退了出去。

廳裡並未因康琴的出現而激起太多波瀾，不過一會兒，羅禧良和里正便又暢談起來。

韓啟坐不住，擔心秦念會不會太辛苦，於是尋了個藉口離開廳堂，去了作坊。

這座宅子本是三進院落，第一進的前院會客，作坊在第二進中院的側邊，第三進的後院則用來住人。

由於製作膏糖得用上好幾口大灶，康有田修繕宅院時，韓啟就特地交代，將作坊設在中院右側，推掉原本的圍牆後，擴建出幾間，並用兩堵結實的土牆隔開作坊與內院，中間留通道。這樣一來，萬一走水，便能有個緩衝，不至於讓火苗竄進內院。

韓啟走進中院時，聞到濃郁的甜香味，還摻雜一股淡淡的藥香。

膏糖並不難熬，難的是藥方的配製。

對於膏糖坊來說，藥方是重中之重，且不可為外人所知。

之前秦念並未想到這件事，還是韓啟提出，藥材暫由他負責研磨成粉。往後秦念若有信得過的人，再將此事交給對方。

為此，韓啟與秦念商議過許久。雖然康有田是個老實巴交的人，但家有惡母，此事自然不能由他來辦。

除了韓啟外，秦念最能相信的人，就是哥哥秦正元了。但她不能讓哥哥留在白米村，所以暫時只能靠韓啟幫忙了。

秦念心裡謀算著，等作坊開得久些，日久見人心，或許能在雇工中找到一、兩個可靠細心的人來做此事，免得浪費韓啟寶貴的工夫。

在她心裡，韓啟的光芒無限大，讓他來做這等小事，實在太屈才。也因韓啟甘心為她付出這麼多，讓她心裡十分感動。

可感動之餘，卻是對未來的迷茫和恐懼。

此刻，秦念正在灶邊掌著大鐵勺，指導女工。「勺子不能停，不然鍋底就糊了，會影響膏糖的口感。」

這邊教完，她又去看另一口大灶。「湯汁已經變得黏稠，你們看，膏糖都濺起來了，要小心別燙到手。這個時候，先把火滅了，但鍋鏟不能停，得等到鍋底涼些，才能停下來。」

韓啟默默倚著門邊，看秦念像位女官一樣，指導工人們熬製膏糖，說話有條有理、不緊不慢，語氣令人十分舒服，工人們很信服她，沒對她這個小姑娘甩臉子。

秦念說完，一轉臉，瞧見韓啟，忙顛顛地跑過來。「啟哥哥。」

剛剛那膏糖濺在秦念臉上，韓啟看到了，著急地問：「燙著了？」

秦念搖頭。「不礙事。」抬袖就要往臉上擦。

「別動。」韓啟忙捏住秦念的手腕，讓她別亂擦。「真傻，妳臉上要是起了水泡，這一擦豈不破皮。」去牽她的手，帶她出了作坊。

小院子旁的井邊，韓啟打了一桶水，再用他的帕子蘸涼水，仔細地將秦念眼皮子下那一塊暗紅色的膏糖擦拭乾淨。

果不其然，秦念的眼皮子底下有些發紅，幸好濺的膏糖量少，並未起泡。

「剛好今日身上沒帶傷藥，我去配藥房裡幫妳拿些蜂蜜抹上。待會兒去我家，再幫妳搽藥膏。」

韓啟知道，今天秦念換了身新衣裳，平日隨身攜帶的小布包太破舊，與這身衣裳不相配，便沒有帶，所以身上是沒有傷藥的。

秦念糯糯地應了聲。「嗯。」

這聲音，乖得像隻小貓一樣，撓得韓啟心裡癢癢的。仔細想來，覺得好像方才在屋裡正經地指導工人熬膏糖的人不是秦念，而是另一人。

韓啟走到配藥房，倒了一小碟蜂蜜來，用剛洗淨的手指沾了，再輕輕地抹在秦念臉部的傷口上。

秦念仰著臉，感受著他指腹間的溫柔，心裡甜得像她臉上抹的蜂蜜一樣。

羅禧良找到作坊來時，見到的正是這一幕，瞬間呆愣。

多美好的畫面！俊美絕倫的小哥兒和甜美可人的小姑娘，是天造地設的一對。

但他的心卻繃得像繫了繩子一樣緊，令他格外難受。

「羅醫工。」

韓啟收回手時，目光一偏，見到羅禧良呆滯的臉，表情微冷，唇角卻彎起一抹笑。

秦念轉頭，見羅禧良在身後，精緻的小臉蛋上立時漾起恬淡的笑容。

「羅醫工，你來了呀！」想來他一個年輕人與陌生老頭待在一起，是坐不了多久的。

氣氛陡然緩和下來，羅禧良笑道：「里正大人說還有事，先走了。」

其實是羅禧良在里正面前表現出幾分不耐，里正混跡於官場，雖只是小官，卻也如官場人那般懂得察言觀色，心裡明白他是與自己聊天聊得無趣了，便找了個理由告辭。

秦念怕是自己怠慢了羅禧良，忙滿臉歉意地道：「羅醫工，實在是失禮，讓你一個人在廳裡坐著。要不，我們陪你在白米村逛逛如何？」

羅禧良正有此意，又怕誤了秦念的事。「不會耽擱妳的工夫吧？」

秦念笑道：「不會不會。」看著韓啟。「啟哥哥，我們帶羅醫工出去走走。」

韓啟自然不會拒絕，點點頭，伸手做出一個請的姿勢，領頭出了作坊。

打從到鎮上來後，羅禧良便下村行醫，見多了山山水水，所以談不上有多麼在意。他更在意的是與秦念的相處，只不過有韓啟在，他彷彿成了個多餘的。

饒是如此，羅禧良也不想就此放棄，近傍晚時，應下秦念的邀請，在白米村過夜。

秦念覺得，這般晚了，羅禧良似乎沒有回鎮上的意思，只好留他吃晚飯。夜裡山路不好走，便讓他住下來了。

韓啟卻暗自腹誹，羅禧良定是對秦念有意，才故意留下來。

今年秋日，秦念就要滿十三歲，已經到了可以議親的年紀，他不能不防。

晚飯是秦氏帶著幾位村裡的婦人張羅的，一道道佳餚擺上寬大的八仙桌，卻是村人們未曾見過的菜式。

秦念帶著韓啟與羅禧良到味園的大院子裡時，聽見兩位女工一邊淨手、一邊說話。

「念兒她娘做出一大桌子好菜來，那些菜式，我可是從未見過的。」

「妳不知道吧，念兒她娘以前是京城官戶人家的嫡女，從小吃的就不是我們鄉裡人的粗糧雜食，只是後來她家遭難，才落得如此田地。」

「原來是這樣，念兒她娘也真是可憐。」

羅禧良不知秦念的母親是這般出身，難怪秦念不似一般的鄉下姑娘，不僅能寫字算數，為人處事也是不同一般，看來是秦氏照著官戶人家的規矩教導她。但又因秦念生長在村野，所以比那些深閨女子又多了幾分靈氣和野性。

因此，羅禧良心中對秦念的好感又提升不少，覺得往後不能再把她視為山裡姑娘，起碼也是貴人家的落難小姐。

大廳裡，羅禧良瞧見八仙桌上有八大盤精緻菜餚，分別是荷葉蒸鯉魚、筍尖燜燉牛腩、紅燒臘豬肉、菌子燉甲魚，炸烹鵪鶉拌橙絲、紅燒獐子肉。除了這六道菜，另外還有雞蛋煎椿芽和水煮胡瓜湯。

羅禧良驚訝，這些菜式的確是京城貴族才懂得做和吃，想在窮鄉僻壤做出來，得花很大的功夫。幸好身處山中，不缺食材就是了。

第七十三章

秦念看見桌上的菜便手癢了，巴不得抓了就往嘴裡放，口水快流出來。

「娘，我有三年沒吃過您做的這些菜了。」

秦念說起這句話，心裡又是一酸。

不光她心酸，韓啟和羅禧良及秦氏聽了，也心酸得不得了。

秦氏心頭一哽，開口道：「念兒，這三年確實讓你們受委屈了。」以前在縣城，她還能想方設法做做小時候吃過的好菜，可自秦念的生父過世後，就再也沒辦法做了。

韓啟撫了下秦念的頭，溫笑著道：「念兒，往後我經常做給妳吃。」

羅禧良剛想張口說，往後帶秦念去縣城的酒樓好好吃上幾頓，卻瞧見韓啟與秦念的親暱，聽著韓啟對秦念的溫言暖語，頓時語塞，心裡已然潰不成軍。看來，韓啟與秦念這對師兄妹，一直是這樣相處的。

幸好這些菜做得相當好吃，不一會兒便讓羅禧良的心情轉好。

吃飯間，他暗自下定決心，秦念與韓啟還沒有訂下婚約，他便有機會，所以不能放棄。還有，韓啟到底是什麼來頭，他也得好好查查。

想到這裡，羅禧良突然想到一事，思慮再三，扭頭看向韓啟，微笑道：「啟兄弟，飯後想去你家拜訪令尊，不知方便否？」

韓啟目光清冷。「我爹爹不喜與人結交。」

羅禧良臉上毫無慍怒之色，反而有耐心地道：「令尊是念兒的師父，念兒能到我家醫館坐診，全倚仗令尊答應。再者，往後念兒要經常去我那裡，總得讓令尊放心才是。」

秦氏覺得這件事說得過去，但不好替韓啟做主，只道：「韓哥兒，要不我先讓人去你家問問，看你爹爹願不願意？」

韓啟看向秦氏，原本清冷的神情旋即變得恭敬，點頭道：「如此也好。」他也不能做得太過，免得讓秦念夾在中間，不好做人。

秦念坐在他們中間，的確有點尷尬。其實這一日相處下來，她也感受到兩人之間的劍拔弩張，莫非有什麼誤會？

羅禧良斷然想不到，韓啟的父親當真是不喜與人結交，他這般有誠意，卻連去拜訪一下也不成。

他腦子一轉，驀地想到韓啟那與生俱來的貴氣，覺得韓啟的父親或許是有什麼苦衷，才不便見客。

於是，他打定了主意，明日讓屠三去縣城查查韓家父子的來歷。縣城若是查不到，便去京城查。他聽韓啟口音帶著些京腔，而長陵縣城離京城不過幾十里，口音相近，韓啟定是那一帶的人，不會是外地的。

晚飯吃得早，大家在廳裡又喝了兩盞茶後，外面才漸漸有了暮色。

秦念安排住在味園後院的阿三和他的娘子阿三嫂替羅禧良和屠三安排住處。

廚房裡有聘請廚工，阿三嫂在味園除了開灶時要做工外，閒時也得幫忙打掃。中院的兩間廂房，她已經先整理，原是打算有客商來了好住，但因為時間不足，來不及多佈置，裡面除了一張床榻外，別無他物。

秦念怕怠慢了羅禧良，派人從後院的廂房裡搬出兩張案桌抬進去，又安排人在屋子裡熏了曬乾的艾草，再去後山採些鮮花，尋一只好看的陶罐插起來，擺在案桌上，好驅散陳腐的氣味。

如果羅禧良今日不住在這裡，秦念本來是想搬過來住的，但羅禧良在，為了避嫌，她就不住下了。

晚上味園不開工，這個時候，作坊裡也打理得乾乾淨淨，只餘一些香甜的膏糖味。

秦念將作坊好生檢查一番後，與韓啟一道向羅禧良告辭。

暮色間，秦念緊站在韓啟身邊。韓啟面色緊肅，秦念則笑眼彎彎。

「羅醫工……」

「念兒，往後還是不要叫我羅醫工吧！」

「呃？」

「若不嫌棄，便叫我阿良哥，或是羅大哥都行。」

韓啟聞言，暗暗冷哼一聲，還阿良哥，這是想套交情嗎？

秦念笑道：「那我便喚你羅大哥。」

羅禧良抿唇嗯了聲，其實他更希望秦念喚他阿良哥。

韓啟心道，這般叫法還算中肯。

「羅大哥，今兒招待不周，請勿見怪。明兒一早，我們再過來陪你吃早飯。」秦念看看在旁伺候的阿三哥和阿三嫂。「夜裡若是有事，叫喚一聲便好，阿三哥和他的娘子就住在後院左邊第一間廂房。」

羅禧良點點頭，有禮地對阿三夫妻微微笑了下。

阿三夫妻的年紀與羅禧良差不多大，兩人皆是受寵若驚地憨憨一笑，算是打過招呼。

羅禧良看著秦念與韓啟的身影雙雙沒入暮色中，一顆心似被掏空了般，空落落的，像是失了魂。

一會兒後，中院的廂房裡，阿三正在幫羅禧良溫茶湯。

「羅醫工，這茶葉是山上野生，由念兒姑娘親手炒的。」

羅禧良看著粗製陶杯裡的深綠葉片被滾燙的水沖出一股淡淡茶香，鬱結的心情似乎也隨著茶葉一道舒展開，唇角逸出一絲極淡的笑容，喚住轉身要離開的阿三。

「韓啟與秦念莫不是再兩年就要成親了？」

莫名其妙的問題讓阿三頓住腳步，轉過身來，笑呵呵地道：「我沒聽說訂親的事，不過他們倆可是每天都在一起。」摸著後腦勺，頓了一下。「說不定，過兩年就成親了。」

羅禧良聽了，對阿三溫和一笑，阿三躬身離去。

他端起陶杯，抿著茶水，入喉的是淡淡澀味，但隨之而來的甘甜卻讓他頓悟。

秦念還小呢，往後的事情，誰能說得準？

夜色濃重，羅禧良剛褪去錦衣，欲吹滅油燈，便聽見門被輕輕叩響。

這般溫柔的敲門聲，一定不是阿三，難道是秦念？

他心中一喜，快步上前開門，瞬間失望至極。

「是妳？」

康琴穿的還是白日時那身衣裳，不過那張慘白中透著猩紅的脂粉臉不見了，此刻她卸了妝，反而顯得十分清秀。

饒是如此，羅禧良心底還是有些厭惡她，因為之前她欺騙他，說白米村沒有秦念這個人。沒想到，純樸的小山村裡，也有這樣的女人。

「羅醫工，我嬸嬸說你是貴公子，平日身邊總有姑娘照應著，怕怠慢了你，便要我到你屋裡來伺候。」

康琴低聲說著這些話，頭也不敢抬。

「妳嬸嬸是念兒她娘？」

「嗯。」

「那妳想怎樣個伺候法？」

「這……」

羅禧良見狀，暗暗冷笑，心裡有了底。

第七十四章

翌日清早，秦念被屋外一陣急促的敲門聲吵醒。

「念兒，快起來，味園那邊出事了。」是秦氏的聲音。

秦念正作著發大財的夢呢，聽見這話，一個激靈從床上爬起來，打開門，看著滿臉緊張的秦氏。

「娘，怎麼了？是味園失火？還是強盜來了？」

秦氏搖著頭。「不是，是……」

秦念聞言，鬆了口氣，一邊穿衣、一邊嘟囔道：「味園開業才第二日呢，娘別嚇我，到底發生什麼事？」

秦氏低下聲音。「是康琴……唉，妳趕緊去看看吧，康家奶奶和康震都在那邊鬧呢。」

秦念一聽，便猜出個七七八八，定是康琴昨夜去味園作怪了。

不過看母親著急的神色，莫不是羅禧良沒能抵得住誘惑，對康琴做了什麼出格的事吧？

想到這裡，秦念也急了，出了屋門，就著井邊的一桶水隨意洗漱一下，便跑了出去。

秦氏也急急地跟在後頭，生怕女兒在康家人面前吃虧。

味園門前早已圍了一圈人，有雇工，也有村裡的人。

此刻不到辰時一刻，秦念訂的每日開工時辰是辰時正，所以這個時候來這麼多人，定是被楊氏喊來的，這可是她慣有的伎倆。

楊氏正在裡頭嚷嚷著，不知是不是近來吃的藥效果太好，可謂中氣十足，嗓門比起以往大了不只一倍。

秦念心道，康家奶奶這潑婦，向來不懂家醜不外揚的道理。

李苗氏正在門口發愁，又擠不進去，一見到秦念，連忙拉住她。

「念兒姑娘，妳總算來了。」

秦念急問道：「裡面出了什麼事？」最好先問清楚再進去。

李苗氏道：「我也是被人喊來的，聽說天未亮康奶奶就到各家各戶叫嚷，說她家孫女被羅醫工糟蹋了，要讓村裡的男人堵住羅醫工，不給她孫女一個交代，絕不能放羅醫工走。」

秦念皺起眉。「真糟蹋了？」她與羅禧良打交道這麼久，羅禧良向來溫良有禮，從未逾越半分，這會兒怎麼就耐不住性子，把康琴糟蹋了？

李苗氏想著，羅醫工可是味園的金主，萬一真出了這種事，鬧得不好看，說不定就把他逼走了，更加著急地看著人擠人的大門。

「我聽他們說得有鼻子有眼的，想必是真的。」

秦念聽到這裡，不再多問，快步擠到門前。

圍在門前的村民見味園的東家來了，識趣地讓開一條道，讓她進去。

李苗氏是味園的管事，緊跟在秦念身後，一起進了門。

羅禧良住的廂房前，楊氏正一邊捶著門、一邊大喊。

「琴兒，起來開門呀！妳不要怕羞，羅醫工辱了妳，奶奶定會替妳作主，讓羅醫工給妳一個交代。若是羅醫工不答應，那他就別想從白米村離開。」

康有田在楊氏身後拉著她，勸道：「娘，我們走吧。這事鬧大了，多不好看。」

楊氏聽了，回頭大罵他一番。「這件事是不好看，但你姪女被活生生糟蹋了，豈能隨意放過對方，往後她要怎麼嫁人？」

康有田啞口無言，他向來嘴笨，不懂得爭辯。

整個中院嘈雜聲一片，有人瞧見秦念，忙大聲喊：「念兒來了！」

楊氏並未聽到，罵兒子幾句後，扭頭繼續拍門，但門卻紋絲不動。

秦念走到窗戶旁，見窗上新糊的黃皮麻紙已被戳得稀爛，窗下不少人擠著往裡面看。正站在窗下的康震，聽到有人說秦念來了，連忙側目看過來，橫起表情，走到秦念跟前，大聲開口。

「念兒，看妳請來的都是什麼人，居然糟蹋了琴兒。這會兒，那畜生還像個縮頭烏龜一樣，待在屋裡不敢出來。」

秦念看見康震就沒好心情，冷哼一聲。「你若真為自家妹子好，就不該由著你奶奶把村裡的人叫來看熱鬧。」又看屋門一眼。「也早該踹了那門，把羅醫工揪出來。」

康震一愣，沒想到秦念會嗆得他滿鼻子灰，一時竟回不了嘴。

秦念不再理會康震，上前走到窗邊，對在窗前看戲的村民們大喝一聲。「有什麼好看的，還不趕緊讓開。」

味園是秦念開的，村民們想著秦念的好，聽她這般不客氣地出聲，不僅不惱，反而挺不好意思的，挪開了位置。

秦念走到窗邊，就著破窗朝屋中看，見幔帳垂下，看不清帳內情況，但康琴昨日穿的粉衫正搭在床邊的椅子上。床下還有兩雙鞋，一雙是康琴的繡花鞋、一雙是男子穿的木屐。

村裡的男人們多半穿草鞋，而秦念深知，城裡來的人在家閒居時，都是穿木屐，所以昨日讓人趕緊去鎮上買了兩雙木屐，備在兩間客房裡，好讓客人洗澡時穿。

秦念只隨意看了兩眼，便從窗邊退開。見李苗氏就在旁邊，問道：「阿三哥夫妻呢？」

李苗氏回答。「我問過了，有人撞見，天還剛朦朦亮，他們就上山去打獵了，阿三說是羅醫工來了，得讓羅醫工嚐嚐山裡的野味。他娘子跟著去摘野菜、採菌子。」

這些都是秦念安排阿三夫妻去做的，這般問，只是想知道阿三他們回來沒有。

上山打獵可不是一時半刻就能回來的，但奇怪的是，連住在隔壁的屠三也不在。

隔壁的房門是敞開的，秦念推門進去，裡面的東西擺得整整齊齊，昨夜屠三似乎不曾在此住過。
秦念腦子一轉，心中一喜，連忙轉身走到羅禧良的廂房。
廂房門口的人見著秦念，都散開了。
這會兒，康有田發現秦念來了，心下一鬆，忙又拉著楊氏，大聲說：「娘，念兒來了，您先別喊了。」
楊氏一聽秦念來了，老臉一轉，滿布皺紋的小眼睛惡狠狠瞪向秦念，邁開腿，扯開嗓門大罵起來。
「妳這個死妮子，可把我家琴兒害慘了！」
秦念不慌不忙，冷笑道：「康家奶奶，事情還沒有弄明白呢，妳就急著把全村的人都叫來看妳孫女的好戲，這到底是我害了康琴，還是妳害了康琴？」
旁邊村民聽秦念如此一說，皆是議論紛紛，楊氏這般，毫不顧念孫女的清譽，往後康琴嫁人可難。也有人說羅醫工表面上看起來溫文爾雅，是位君子，不想卻是好色之人，竟敢在白米村犯下欺辱良女之事。
秦念不管村民們的議論，推了下門，見門是從裡面拴緊的，便後退兩步，想想自己學了這麼久的功夫，吃了這麼多的好肉好菜，身子骨日漸健壯，踹開這門是不成問題的。
於是，她一提裙襬，抬起腳，正欲對著門中間踹下，便聽見身後有一道好聽的男聲響起來——

「念兒，剛修好的門，怎能踹壞？」正是韓啟的聲音。

她心中驚喜，忙收回腳，放下裙襬，轉身看到韓啟正抱著他的劍，站在她面前。

「啟哥哥，昨夜羅大哥是不是在你那裡？」

秦念如此一問，惹得旁人都好奇起來。

楊氏更是惱怒不已。「秦念，妳這死妮子說什麼渾話呢？妳請來的羅醫工就在屋裡，也不知道他把我家琴兒怎麼了，任我怎麼喊，門就是不開。」

突然間，她心中又有了個不好的預感，羅禧良該不會把康琴害死了吧？不然這麼大的聲音，怎麼吵不醒他們呢！

想到這裡，楊氏覺得，肯定就是如此。這樣一來，豈不是做了筆賠本的買賣。

「天殺的！我的琴兒，可憐她娘親和爹爹都不在家，由我這老婆子養大，孰料昨夜被人害死了。這可如何是好，琴兒還未嫁人，竟如此枉死……」

「康奶奶，康奶奶……」

「天殺的羅醫工，居然把我孫女害死了！」

「康奶奶，羅醫工來了，羅醫工在這裡呢！」

「天啊，我孫女長得貌美如花，就這樣被人姦殺了。」

一位與楊氏年紀差不多的老婦人推了楊氏一把。「康奶奶，別胡說了！」

「我胡說什麼呀！我……」楊氏轉臉，想罵那老婦人，卻一眼瞅見一張英俊的臉，不是昨日看得心花怒放的羅醫工又是誰。「羅醫工?!」

羅禧良彬彬有禮地對楊氏笑道：「康奶奶是吧，您說我姦殺了您的孫女，也不知道您要不要報官？若是要報的話，我與您一道去。」

楊氏懵了。「你不在屋裡？」

羅禧良笑。「是啊。昨夜康琴姑娘到我門前，說是聽了您的吩咐，要來屋裡伺候，但我生怕辱了康琴姑娘的名聲，與她說過幾句話後，便與我的小廝屠三一道去了韓家，借宿了一晚。」往門裡掃了一眼。「我還以為康琴姑娘回家了呢，沒想到她竟在屋裡住了一宿。」

竟是如此烏龍，村民們譁然，又紛紛指責楊氏心懷鬼胎，攛掇孫女來此勾引羅禧良。還好羅禧良是君子，及時去了韓家避嫌。

第七十五章

楊氏被村民們指著脊梁骨罵得夠慘，秦念見馬上就要到辰時正，味園要開灶了，於是將村民們一一勸走，只留了楊氏和康震，還有繼父康有田。

康有田看著屋門，對秦念道：「這琴兒也不知是怎麼回事，鬧得這麼大聲也沒起床，不會是出了事吧？」

羅禧良卻對楊氏冷笑一聲。「康琴是怎麼回事，只怕還得問問康奶奶。」

楊氏立時別開老臉，後退一步，低聲道：「我灶上的火好似未滅，怕是要著火。」說著，腳底像是抹了油般溜走了。

秦念對康琴一直待在屋裡不起床之事，十分不解，看著羅禧良，希望他能說出答案。

羅禧良卻開口道：「還是先把門打開吧。」又吩咐身旁的屠三。「開門。」

屠三上門，從袖口摸出一把匕首，將刀尖刺入門閂處，再一點一點地把門閂挪開。

不一會兒，聽見門閂掉落的聲響，屠三將門推開，再讓開身子，請秦念先進。

秦念暗驚，這門閂可是造得十分結實，如此也能毫無聲響地進去，若是碰到歹人，豈不是更加輕而易舉？想著平日住的屋子，門閂都老舊，不由背脊發寒。

她邁腿進屋，一眼便瞅見案桌上放著兩只陶碗，其中一只已空，另一只碗裡還留著大半碗油膩膩的湯水。

她走到案桌邊，拿起陶碗裡的木勺，將裡面的食材舀出來看，是一塊塊切碎的鹿鞭。如此壯陽之物，竟由一個姑娘家端到獨身的公子屋裡，其居心再明顯不過。

秦念走到床邊，伸手撥開新裝的白色床帳，半裸著身子睡在床上的女子，正是康琴。此刻，康琴雙眼緊閉，雙腿緊屈，整個身子不時蠕動，一隻手還在自己胸前撫著，那般享受的模樣，顯然是在發春夢。

少女懷春，秦念亦是知其滋味，但像康琴這番做派的，她都不好意思再看下去。不過，康琴這般沈睡，定是除了壯陽之物外，還吃了不能吃的東西。

她上前，仔細翻了下康琴的眼皮，又把康琴的脈搏，心中已經有數，便幫康琴把身上的衣服穿整齊，再放下帳幔，退出屋來。

繼父問：「念兒，琴兒到底怎麼了？沒事吧？」身為叔叔，還是要關心姪女的安危。

秦念道：「她沒事，就是昨夜吃了不該吃的東西，睡得沈了些。」看向康震。「把你妹子扛回去吧！往後把你妹子看緊點，更要看緊你奶奶，不然往後出了什麼不得了的事，到時官府計較起來，吃虧的是你們自己。」

康震的氣焰早在羅禧良出現時就消下去了，此刻只巴不得有條地縫鑽進去才好。剛剛楊氏跑的時候，他本也想跟著跑，是韓啟展臂持劍，將他攔下來。

這會兒，他也不得不聽秦念的，進屋把康琴從床上抱下來，扛在肩上，出了味園大門，在眾人指責唾罵之下，快步跑下石階，上了回家的村道。

中院裡，阿三夫妻揹著竹筐進了院門。

自他們從外面回來，就有人在他們耳邊傳話，已將院子裡發生的事情摸清了七七八八。

阿三看向羅禧良，又轉頭看秦念，滿臉歉意地道：「念兒姑娘，都怪我們沒有照顧好羅醫工，讓羅醫工受委屈。」

羅禧良淺笑道：「不妨事。」

秦念打量阿三手中提著的獐子和野雞。「阿三，你們去廚房吧。今早耽擱了，羅醫工還沒有吃早飯呢。」

阿三應罷，接過阿三嫂遞來的竹簍，竹簍裡是滿滿的野菜。

阿三嫂看著阿三去了廚房，才問秦念。「那我進去收拾房間？」

秦念看了屋裡案桌上的湯碗一眼。「待會兒再收拾吧！作坊開灶了，妳去上工便是。」

阿三嫂應下。

秦念又對康有田說：「繼父，您也去忙吧，今早辛苦了。」雖然他沒幫上什麼忙，但她知道他的心意。

康有田看著身邊兩位佳公子，他是鄉下粗漢，大概幫不了什麼，便連連點頭。

「那我去地裡幹活了。這裡若是用得上我，念兒派人去地裡喚我一聲就行。」

秦念微笑著點頭。

康有田走了，中院清靜下來。

秦念看著羅禧良，拱手道：「羅大哥，昨夜當真是委屈你了。」

羅禧良笑著說：「無礙無礙，經過這一遭，我才發現，妳也是挺不容易的，跟著妳娘到白米村，真真是委屈了。」

秦念輕笑一下，又問：「羅大哥，昨夜到底是怎麼回事？」

羅禧良目光一凝，將昨夜之事娓娓道來……

原來，昨夜康琴對羅禧良說要進屋伺候，羅禧良一眼便看出康琴的目的了。不過，人家已經站在門口，手裡還端著木盤，盤子裡是兩碗熱湯。他是客人，將她趕走實在不妥，於是讓她進來。

康琴把木盤擱在屋裡的案桌上，對羅禧良福身。「羅醫工，這是我親手煲的湯，當消夜正好。」

羅禧良看著湯裡隱隱露出的食材，居然是鹿鞭，心道這姑娘當真恬不知恥，不過依然保持鎮定。

「不必了，今夜念兒她娘做的那些菜格外好吃，我吃得太飽，這會兒肚子還脹著呢！」

康琴見他不願意吃，臉沈了下來，哽咽出聲，嬌滴滴地道：「羅醫工，這碗湯可是我守著灶火，煲了兩個時辰才煲好的。要不，你嚐上幾口，也算是沒浪費我一番苦心。」

羅禧良輕笑一聲。「妳做這湯有什麼苦心？不妨說出來。」

康琴早已盤算好說詞，一臉羞怯地道：「我、我傾慕羅醫工，今夜不過是想伺候在你身側，以慰你寂寞。」

羅禧良聽著這些話，便覺得康琴就是蕩婦，與她站在一起都覺得噁心。

康琴見羅禧良沒說話，以為他是半推半就，便端起他面前的湯，拿著木勺，想親自餵。湯水被端到羅禧良的鼻子底下，一道奇異藥味沁入鼻間，他心中一驚，這蕩婦好心機，竟在裡頭下藥。

他本想一掌劈翻這湯藥，卻突然想起康琴曾誆騙他說沒有秦念這個人，想來便是不想讓秦念好過，一個念頭悄然生成。

他對康琴勾唇一笑。「好啊，既然琴兒姑娘想解我寂寞，那我們便坐下來喝這兩碗湯，先補一補體力。」接過康琴手中的湯碗。

康琴歡喜不已，忙上前拉著羅禧良的袍袖，一起坐在案桌邊，盯著他手中的湯道：「羅醫工，你先喝。」

「好，我喝。」羅禧良把湯碗湊到嘴邊，可還沒等喝下去，忽地冷吸一口氣，忙將湯碗擱在桌上。

康琴正等著他喝湯呢，見他不對勁，忙問道：「羅醫工，你這是怎麼了？」

羅禧良道：「煩請琴兒姑娘去床頭將枕頭底下的小木盒拿來。」

康琴忙跑過去。

羅禧良趁這機會，飛快調換兩碗湯，拿起康琴那碗湯聞了下，裡面沒有下藥。

另一邊，康琴在枕頭底下摸了一陣，什麼都沒有，不過她看著乾淨的床榻，想著待會兒要與羅禧良在這榻上行歡好之事，心裡是緊張又期待。

她折了回來，對羅禧良道：「羅醫工，枕頭下並沒有木盒。」

羅禧良瞇眼思量，微微頷首。「哦，我想起來了，方才屠三吃多了，肚子不舒服，便向我要了去。木盒裡裝著藥丸，用來行氣止痛，效果極好。」

康琴一臉關切。「可是肚子疼？你沒事吧？」

羅禧良笑道：「沒有多大的事。不如琴兒姑娘先喝湯，免得涼了不好喝。」

康琴道：「那你呢？」

羅禧良自椅子上起身。「我先去趟茅廁。」朝門走了幾步，又回過頭來叮囑道：「琴兒姑娘，妳喝完湯後，先拴門，我看味園人雜得很，男人太多，妳一個姑娘家在這裡不安全。等會兒我來時，妳再開門。」

康琴點頭。「行，那你先去，記得別耽擱太久。」

羅禧良點點頭，對她一笑，捂著肚子轉身出了門。

康琴起了身，目送羅禧良往茅廁方向走後，便去把門拴了。

她回到案桌邊，看著面前的湯，心道早點喝下去早點消化，免得到時胃裡翻騰不舒服，於是端起那被調換過的鹿鞭湯，一勺接著一勺地吃下去。

而藉口上茅廁的羅禧良聽到康琴拴門的聲音之後，便去屠三的屋子，悄聲將屠三喊出來，一道離開味園，前往韓家。

半路上，屠三問了康琴的事，羅禧良一五一十地說了，還說非得整一整這姑娘，讓她吃點虧不可。

到了韓家敲門，應門的正是韓啟。

羅禧良看出韓啟的冷漠，只得把康琴去他屋裡的事告訴韓啟。

韓啟聽了，引他進屋，讓他與韓醫工打聲招呼，又安排地方給羅禧良和屠三休息。

秦念聽完羅禧良的敘述，搖了搖頭。

「上梁不正下梁歪，康琴斷斷想不出這種辦法，定是她奶奶所教。」

壯陽之湯加春藥，康氏這老妖婆還真是想得出來，只不過康琴就被害慘了，這等事定會傳得七里八鄉都知道，往後康琴嫁人可就難嘍！

第七十六章

韓啟看了羅禧良一眼，問秦念。「對了，念兒，妳怎麼知道他不在屋裡？」

「因為我看屋裡沒有羅大哥的衣物和他穿的鞋履。去隔壁看，屠三也不在。」

羅禧良笑。「念兒真聰明。」

不知不覺間，羅禧良對秦念的稱呼也變了，不再叫「念兒姑娘」，而是改口叫「念兒」，讓韓啟心裡覺得不暢快。

這時，秦念又朝屋裡看了一眼。

剛才阿三嫂要進去收拾，她想著屋裡有鹿鞭湯，若讓阿三嫂知道康琴還來了這麼一齣，定會讓人詬病。她還是替康家遮掩一下，畢竟母親嫁進了康家。

她進屋，將那碗未動的鹿鞭湯拿出來，不好意思看羅禧良和韓啟，逕自去後院開了側門，把湯倒在竹林裡。

正當秦念拿著空碗轉身時，忽見昨日下午李二叔送來看門的大黃狗上前吃鹿鞭，嚇了一跳，趕也趕不跑。

秦念看大黃狗吃得盡興，默默地搖搖頭，轉身要回院子，卻見韓啟和羅禧良朝她走近，眼睛都盯著大黃狗。

韓啟道：「看來今夜裡牠得鬧騰了。」

羅禧良沒想到向來不苟言笑的韓啟會說出這樣的話來，不由哈哈一笑。

秦念聞言卻紅了臉。

韓啟突然覺得，剛才那話說得有些不妥，忙道：「肚子餓了，我們去吃早飯吧。」

秦念的臉還熱著，羞聲道：「你們先進去坐，我去作坊看看就來。」提起裙襬就跑了。

羅禧良卻想，秦念還未滿十三呢，竟然會為了鹿鞭之事害羞，是不是太早熟了點？

不過轉念又想，秦念可是精通藥材，還能替產婦接生，這時羞紅臉也屬正常了。

吃過早飯，羅禧良牽著大馬向秦念告辭。秦念要相送，韓啟卻說他送就成，讓秦念留在味園忙。

村道上，羅禧良與韓啟並肩走著。

「韓兄弟，昨夜多謝收留。」羅禧良拱手。

「這話你今早醒來時已說過。」韓啟漠然。

羅禧良習慣了韓啟的冰山臉，溫和地笑著看韓啟。「想問韓兄弟一件事。」

韓啟迎視羅禧良那溫良面容上帶著挑釁的眼神。「問吧！」

羅禧良道：「韓兄弟心屬念兒？」

韓啟眼眸微瞇，不說話，算是默認了。

羅禧良又說：「聽聞韓兄弟並未向念兒提親。」

韓啟道：「念兒還小。」

羅禧良微笑。「是，念兒還小，但她已到金釵之年（注）可以訂親了。」

韓啟劍眉緊蹙，目光灼灼地盯著羅禧良。「你到底想說什麼？」

羅禧良斂住笑。「韓兄弟，念兒是個好姑娘，當然，你亦是值得她去愛的人，但想必你也知道，念兒不會在白米村住一輩子。」

他說完，默然片刻，問道：「我想知道，你是打算一輩子待在白米村嗎？若是如此，又以何禮去聘娶念兒？」

韓啟俊秀的眉眼緊緊擰在一起，半晌才吐出一句話。「我不會一直待在白米村的。」

如果會，昨日味園開業，他便不會出來示人。因為他很清楚，自己太惹眼了。

但羅禧良是縣城的人，長陵縣城與京城隔得不遠，羅禧良喜歡念兒，定會對他感興趣，去查他的底細。

羅禧良本以為韓啟會退縮，但韓啟沒有，微嘆一聲，十分失望。過了一會兒，又開口說下去。

「實話與你說吧，我喜歡念兒，等機會成熟，我會向念兒提親的。」

他今年十八了，早到了要成親的年紀，每每父親見他便催促，母親還想特意幫他安排，

注：指女子十二歲。

卻被他一一推託。秦念要過兩年才能成婚，他願意等她兩年。

韓啟淡笑一聲。「請便！」目光望向村口那條他出錢建的橋。「羅醫工，我就送你到此，後會有期。」抱拳別過，轉身走人。

羅禧良看著韓啟的背影，身形雖瘦，但姿態挺拔，氣勢傲人。

這樣的男兒，又怎麼可能一直屈居白米村？

昨夜他很慶幸康琴到他屋裡來，這樣他便有了藉口去韓家借宿，得以見到韓啟的爹爹韓醫工。

他能很明顯地感受到，韓醫工對他抱有戒備之心，由此推斷，韓啟定是個不簡單的人。心中多種揣測，最大的可能便是他們在京城犯事，躲到了白米村。

「屠三，你即刻動身前往京城。」

「是。」

羅禧良雖然走了，但因他而起的風波還在。

這些日子，不論秦念走到哪裡，都能聽到對康琴的風言風語，也有人覺得那夜羅禧良定是與康琴歡好了，因為送上門的姑娘，誰都會要。

秦念明白，會這樣想的，都是心懷齷齪之人。

康琴則把自己關在屋裡，秦念每日每夜都能聽到她的罵聲，時不時還能聽到康琴隔著牆罵人，說是秦念害得她往後沒有人敢娶，沒臉再出門。

秦念不在乎康琴的發洩之語，但秦氏夾在中間挺難做人，因為這陣子楊氏總是找著各個理由，把秦氏喊到隔壁去，變著法兒找她麻煩，還把這事賴在她身上。

最讓人煩心的是，楊氏每日都喊自己這裡疼那裡疼，藉此要秦氏拿錢給她。

第七十七章

這天，秦氏在康家大院受氣回來，掩住門，哭了小半個時辰。

秦念午時回家，準備小憩一會兒，聽到母親在屋裡哭，便去敲母親的門。

這會兒康有田在地裡幹活，秦念乘機對母親道：「娘，您和繼父隨我住進味園吧。」

秦氏搖頭。「不成不成。我們非但不能住進味園，我還得把管帳的事還給妳，免得康家奶奶總是惦記著妳的錢。」雖然這幾日她給的錢都不是秦念的，但她很明白，幾天後她拿不出錢來，楊氏就會逼她去要秦念的錢了。

其實，楊氏幾次藉故到秦念屋裡來找錢，卻沒有找著。秦氏不敢告訴女兒，每回楊氏找不到錢，拿她出氣後，她還得將女兒的屋子整理好，讓女兒看不出痕跡。

秦念早就發現了端倪，但沒有說破，免得傷了母親的自尊。

「念兒，今日娘就將管帳的事交還給妳，往後娘和妳繼父不再插手味園的事。往後妳搬去味園，不要回家來住。」

「娘……」

「念兒，不是娘不幫妳，實在是康家奶奶太無理，娘也做不出那無情之事，所以往後在錢財上與妳分清楚。妳賺的錢，妳自個兒留著當嫁妝。

「娘這裡，妳不用擔心，妳繼父勤快能幹，又疼惜娘，往後不缺衣少食便成。」秦氏語氣一頓，又道：「以後妳有能力，幫襯妳哥，娘就心滿意足了。」

「娘，您這日子……過得實在太委屈了。」秦念拭著母親臉上的淚水，自己亦忍不住落下淚來。

秦氏邊落淚邊搖頭。「不不不，念兒，只要妳繼父待娘好，娘便不覺得委屈。娘就是心疼妳，讓妳跟著娘受委屈。娘性子弱，護不住妳。」

秦念確實覺得委屈，但此時此刻，康家人已經無法動搖她的心，唯一讓她不能心安的，便是母親。

這時，康家大院那邊有了大動靜，鬧得母女倆都聽到了，便擦淨眼淚，雙雙走到院牆邊，想看看是怎麼回事。

秦念道：「好像是里正大人的聲音。」

秦氏納悶。「他來做什麼？」

康家大院來了稀客，向來不太露面的里正竟然帶著兩個挑夫，擔了兩口大箱子上門。大箱子被紅綢繫著，顯得喜氣洋洋。

「里正大人，您這是？」楊氏看著兩個半人高的大箱子，一雙老眼放著精光。

「康奶奶，老夫是為提親一事而來的。」里正屁股落坐，接過康震端來的茶碗。

楊氏老臉一紅，低頭羞道：「里正大人，您是要聘娶我嗎？」她真是有點不敢相信，這般年紀了，還能被里正看上。

噗！一口茶水從里正嘴裡噴出來，緊接著連連咳嗽，嗆得不輕。

站在里正身後的小廝掩嘴偷笑，轉而一本正經地道：「康奶奶，我家大人是要聘娶妳孫女康琴。」

「啊?!」楊氏一個踉蹌，被嚇得不輕，又難堪得老臉紅比豬肝。「里正大人要聘娶的是我家琴兒？」

「想得美，琴兒才十四歲，怎能下嫁給你這個老匹夫！」康震就是個蠻橫的人，才不怕里正。

里正早料到康家會反對，無視康震的怒容，淡淡地冷笑一聲，埋首喝了口茶水，再悠然抬頭。

「琴兒再過三個月便滿十五歲，嫁人是不成問題的。至於她能不能下嫁給我這個老匹夫……哈哈，我想問康哥兒，你家妹子前些日子出了那件事，將來誰還會娶她？」

康震一愣，啞口無言。

里正把目光移到楊氏臉上。「康奶奶，也就是我這老匹夫憐惜琴兒，想收她到房裡當個小妾。」

楊氏看著院裡那兩口紅豔豔的大箱子，一股腦兒想著，裡面會不會是金銀細軟？

這里正雖為人清正，不在村裡撈油水，但家底厚實，好像在縣城和鎮上都有鋪子，其他村子裡則有莊子跟農田。他到白米村當里正，純粹是為了到這好山好水之地來養老，順便尋點事來做，解解悶。

「康奶奶？康奶奶?!」

「啊！」

楊氏看箱子看得發愣，里正喊了好幾聲，才將她的魂喊回來。

「康奶奶，要是妳覺得沒問題，今兒個我們就把這親事給訂了。」里正順著自己的山羊鬍，笑咪咪地看著楊氏，又吩咐身旁的小廝。「去把箱子打開，讓康奶奶和康哥兒看看裡面的東西。」

「是，老爺。」

兩位小廝去開箱子，楊氏和康震沒有半分猶豫，飛快跟去院裡看了。

哇！這聘禮果真是要亮瞎楊氏和康震的眼。

一個金餅、十貫錢、一只玉鐲、一對金玉耳鐺、一支簪子，還有錦布及棉布各一疋，再加上各式陶器、白麵、油膏和雞鴨魚肉，滿滿當當三十樣聘禮。

在這小山村裡，就算是娶個正房娘子，也沒有這些東西呀！

里正從堂屋走出來，見楊氏和康震滿臉欣喜的表情，笑道：「怎麼樣？如果行了，老夫便問個吉日，將琴兒納進家門。」

楊氏正要哈腰點頭，東邊廂房突然傳來重重的開門聲，院裡人全看過去，正是康琴氣鼓鼓地杵在門前。

「奶奶，這聘禮不能收，我是不會嫁給里正大人當小妾的！」

康震想著，要是收下這聘禮，那他往後要娶秦念也就風光了，起碼不至於什麼都拿不出來，於是連忙去勸康琴。

「琴兒，妳看妳如今也不好嫁人，里正大人家境好，往後妳就有好日子過了。」

康琴撇臉。「哼！我是不會給人當妾的，更不會嫁一個糟老頭子。」她真是氣，奶奶不心疼她便罷，連哥哥也想把她賣了。

楊氏則想著，這些聘禮若進了她屋子，便是她的養老錢了，老臉一沈，對康琴怒吼。

「死妮子，兒女親事，是媒妁之言，父母之命，豈能由著妳不想嫁就不嫁。」

康琴氣沖沖地說：「既是父母之命，那我父母皆不在家，這事便不能成。」

楊氏更是生氣。「妳父母是我兒子兒媳，他們都得聽我的。」

康琴還嘴道：「要嫁妳嫁，反正我不嫁。」

楊氏心道，她倒是想嫁，但奈何里正不要她這糟老婆子呀！

康震見狀，走到康琴面前，勸道：「琴兒，如今妳聲名俱毀，也只有里正大人願意要妳了。」又湊到她耳邊，低聲說：「妳看他這般老了，也沒有幾年可活，往後還可以再嫁的。

到那個時候，里正大人的家業，總有妳的一份。」

「我不稀罕，反正我就是不嫁。」康琴氣惱自家哥哥不僅不護著她，還要賣她，一跺腳，便朝院外大步走去。

康震急得一把拉住她。

楊氏見到手的聘禮就要飛了，大吼一聲。「震兒，把琴兒關進屋裡，若她不答應，就關到她跟里正成親那日為止。」

康震本就有此想法，這會兒楊氏發了話，手掌緊緊一扣，拉起康琴往她屋裡走。

康琴掙扎叫喊，皆不管用。

楊氏對里正賠著笑臉。「琴兒年紀還小，很多事情想不明白。待老婦勸勸她，她也就想通了。」

里正捋著鬍鬚，微微頷首。「嗯，那我的聘禮就放在這裡了。這幾天，我會找人問吉日，待到日子訂好，就把康琴接過去。」

楊氏趕緊哈腰點頭。

康家大院裡的動靜，傳入秦氏和秦念耳中，兩人皆驚詫不已。

這康家老妖婆也太無恥了，還有康震，居然也要逼康琴嫁給老里正。

秦氏心中暗暗搖頭，不管怎麼說，康琴是她的姪女，雖素來對她不敬，也曾差點害了秦念，但康琴是受了楊氏的不良管教，才變得如此。

「念兒，妳幫幫康琴吧。」

秦念把她拉回屋中。「娘，康家大房的事情您少管，我也管不了。」

秦氏知道女兒向來說一不二，再說女兒比康琴還小，雖說有些本事，但這成人之事，卻不是她一個未成年的女孩子家能管得來的，於是不再說什麼，只是想著康琴要嫁給一個糟老頭子，仍然十分不平。

第七十八章

傍晚，康有田回到家，秦氏把康琴的事告訴他，他頓時就惱了，去隔壁與楊氏爭論。

許久後，因為嘴笨，他沒爭過老娘，只得悻悻地回去。

天將要黑之時，里正派媒婆過來，說是吉時挑好了，就在五日之後，正是夏至。

這晚，康琴在屋中鬧得可凶了，康震怕她自盡，還把她的腿腳綁起來。

秦念被鬧得沒睡好，秦氏也醒過來，瞧見秦念屋裡燃起油燈，便敲門進去。

「娘，康琴還沒有及笄就要嫁人，里正大人也太急了吧！」

「我讓妳繼父去問過了，說是鄉下人家無須辦什麼及笄禮，反正琴兒也將要十五了，早些出嫁，好省事。」

「可康家大伯和大嬸都沒有回來。」秦念心想這日子太趕了，來去鄰縣一趟，最快也要二十多天。

秦氏沒想到女兒會關心康琴，看來女兒並沒有那麼心硬。

的確如此，秦念覺得，以前康琴有萬般錯，皆由楊氏而起，不能全怪康琴。她討厭康琴，卻不恨她，又想著康琴年紀輕輕，卻要跟一個老頭子睡在同一個被窩裡，著實噁心。

原本秦念還挺敬重里正，因為里正讓她順利開了味園，卻不想，里正心中也有邪念。

夜太深，秦氏與秦念說完話，打了個哈欠從她屋裡出來，回自己的屋子睡。

不知又過了多久，屋門被人輕聲拍響，把秦氏驚醒了。

秦氏去開門，康有田舉著剛燃起的燈盞，放在來人面前一照，驚呼出聲。「琴兒？」

滿臉淚痕的康琴忙將手指豎在嘴前，噓了一聲。

秦氏趕緊讓康琴進了屋。

「叔叔，嬸嬸，求你們救救我，我真的不想給里正大人當小妾。」康琴壓著聲音哭訴。

秦氏看向康有田，但康有田也不知道該如何是好。

此時，屋門被推開，康琴嚇了一跳，卻見來人是披著短衫的秦念。

康琴已六神無主，若是以往，定不想讓秦念看到她這般窘迫的模樣，但現在她什麼都顧不了了，忙起身一把拉住秦念。

「念兒，妳向來主意多，幫幫我吧，我不要嫁給一個老頭子。」

秦念瞥她一眼，用力把雙臂從她手裡抽出來，冷道：「早知如此，何必當初。」

康琴哭個不停。「念兒，是我錯了，我不該凡事都聽奶奶的。」

秦念道：「妳也不盡是聽了妳奶奶的，還是自己想做那些蠢事。」不趁這個機會罵康琴一頓，她也不服氣。

康琴掩面而泣，想想自己也真的是蠢。

秦念見康琴沒再反駁，似乎有悔過之心，這才道：「妳先不用著急，回屋後就跟妳奶奶說，妳想通了。」

康琴抬眼，有些困惑。「念兒，妳說的是什麼意思？」

秦念解釋道：「我的意思是，妳先穩住妳奶奶和妳哥哥，我再幫妳想辦法。萬一我的法子行不通，到時就助妳去找妳爹娘。」

康琴聽了，立時收住淚水，臉上有了笑意，點點頭。「念兒，若是妳能救我，往後我為妳做牛做馬都成。」

秦念板起臉。「我才不稀罕妳為我做牛做馬，只要往後不再跟妳哥哥和奶奶為難我與我娘就行了。」

康琴一癟嘴，又要哭。「念兒，我不會再這樣了。」

秦氏忙安慰她。「琴兒，不哭不哭，待會兒讓妳奶奶聽見可不好。」她性子軟，最聽不得孩子們哭了。

康琴是順著她家院裡的那棵樹爬上圍牆，再跳進來的，這會兒說完話，秦念也只得把她送上圍牆回屋。

第二日，康家消停了，楊氏把康琴放出來，但為免多生枝節，命康震時時盯著康琴。

午時過後，秦念邀韓啟去里正家，說是要送幾罐味園做的膏糖給里正。

里正家離味園並不遠，這條路靠著山，有小溪、有河流，風景宜人。

里正有三個兒子及一個女兒，皆已成家。兒子們分別在各地管著家裡的產業，女兒嫁到京城，女婿也是商家出身。商家地位雖低賤，但好歹吃穿不愁，日子過得比當官的人要滋潤多了。

里正家裡幾代為商，里正把家業交給兒子們後，就花錢買來里正的官職，也算是了卻了他當官的夢想。即便是個極不起眼的村官，但於他來說，那也是官。

韓啟與秦念被小廝引進門，在前院廳堂見著了里正。

里正坐在椅上，由著旁邊兩個小妾幫他按腰捶腿。見著客人進來，忙讓身旁的小妾們退開，站起身來相迎。

韓啟和秦念年紀小，卻是他從未見過的有本事之人，還長得這麼好看，氣勢也強，令人不敢小覷。

秦念對韓啟使了個眼色，韓啟忙提起手中的陶罐，對里正說：「大人，這是今日才做出來的桑葚膏糖，非常適合給您調理身體。」

里正樂呵呵地接過。「哎呀，我這把年紀了，的確是要調理身體呀。妳看剛剛……唉，腰總是痠疼得不得了。」

韓啟微笑著點點頭。「是。其實前些日子我瞧見您，便知您的身體微恙，怕是需要調理才好，故今日特地將這膏糖送來給您。」味園開張那一天，他見里正總是撫著腰，時不時還捶幾下。

秦念像是沒在意他們聊什麼，往花園看了幾眼，對里正道：「大人，您這院子裡的花草種得真好看。」

里正也覺得，接下來他與韓啟要說的話，不太好讓女子聽到，又見秦念的目光流連於花草間，遂吩咐身邊的小妾。

「妳們陪著念兒姑娘去院裡賞花。」

小妾們應是，帶著秦念出去了。

廳裡沒有了女人，只有里正和韓啟，還有在旁伺候的小廝。

「韓哥兒，方才你說前些日子瞧見我，便知我身體微恙。你且說說，是何問題？」

里正打著官腔，作勢要考驗韓啟一番。他早聽聞韓醫工父子醫術了得，村裡人的那些老毛病，但凡經韓醫工的手，多數能治癒。秦念跟著他習醫，醫術也是極好的。

韓啟盯著里正的臉瞧。「大人眼下青黑，加之走路乏力，且可見腰腿不便，多半是腎氣不足所致。」輕笑一聲，又道：「或許……還有些脫陽。」

里正一聽到「脫陽」兩字，臉色難看了起來。

他從商幾十年，見多識廣，認得不少字，這脫陽說的就是陽氣損耗虛脫。

至於原因，就算韓啟不說，他也明白。

「韓哥兒，老夫要娶新婦了，這脫陽之症，可治得好？」又指著放在几案上的桑葚膏糖，問道：「用這個可能治？」

「大人，可否讓小子幫您把把脈？」

里正請韓啟坐在身邊，讓他診脈。腰疼的原因，他老早就想去問醫了，這會兒恰好韓啟來，剛好可以先瞧瞧。

「怎麼樣？」里正收了手，瞇起一雙小眼睛看著韓啟，心中有些忐忑。

韓啟神情嚴肅。「大人的病症，怕是有些年頭了吧？」

里正點頭。

韓啟默然片刻，看著里正，道：「大人，實話與您說，您的情況非常緊急，必須立刻開始醫治。」

里正眉眼緊擰。「那得如何治療？」

韓啟道：「冰凍三尺，非一日之寒。治療需依兩種方法。」

里正道：「韓哥兒請直言。」

韓啟看向院外的兩位小妾，雖不是國色天香，但姿容都不算太差，年紀恰好又是如狼似虎的二、三十歲。

韓啟年紀小，未經人事，但以前院內婦人多，又看過話本子，自是知道這些成人之事。

「大人，其一，每日須以湯藥調理。其二，須戒女色。」

「韓哥兒，這女色……要戒多久？」

「最少也得三、五個月。而且，就算腰疼之症不再犯了，每月也只能行房一至兩次，多則傷身。」

韓啟說這話時，耳根都紅了。要不是秦念求他幫忙，他才懶得管康琴的事。

「若大人覺得小子年紀輕，也可去找我爹爹瞧瞧，反正拿藥都得經我爹爹之手。再不信，去鎮上或縣上醫館找醫工也可以。總而言之，大人這病可不能再耽擱。」

里正聽完，沒說話，徹底傻了。

第七十九章

花園中，里正的兩個小妾正與秦念說話。她們對味園的老闆可是好奇得很，小小年紀，就能做出這樣大的事情來，當真是了不起。

她們也打聽過，得知秦念在康家過了兩年奴隸不如的日子。而今康琴要進門了，這於兩位小妾來說，是莫大的壞事，於是想打聽康家的事。

「念兒姑娘，聽說康家人平日待妳極為苛刻？」

「我不是康家人，現在她們也苛刻不到我。」

「那康琴是不是很壞？」

「這個嘛，我不是很清楚。」

不直接回答，那就是八九不離十了。

「聽說康奶奶是個不好相處的人？」

「康奶奶雖是我娘的婆婆，但我娘也沒在她那裡討到什麼好。不過，我畢竟不是康家人，所以有些事情，也不太好說。」

又不回答清楚，肯定也就是這樣了。

兩位小妾沈默下來，還不時交換眼神，顯然在想對策，想向秦念問得再明白一些。

秦念見狀，突然沈下臉。「我娘也是個苦命人，日夜做活，就想著補貼家用，結果賺來的錢，都被她婆婆搶了去。

「說到這裡，我也不怕把話說明白了，康家奶奶可是個厲害的，誰與她攀了親，都得當心屋裡的錢財。像我這般辛苦地賺錢，還得日防夜防康家奶奶到我屋裡串門子。」

她說的可是實話，村裡的人也知道楊氏就是這樣的人，所以她不怕。說句不好聽的，即便是當著楊氏的面，她也敢這樣說。

「天啊，那康琴要是到我們家裡來，我們豈不是就要被康奶奶惦記上了？」

秦念笑笑不說話，等於是默認。

這時，韓啟走來，秦念連忙朝他奔去，去廳堂向里正告辭，

兩人進了廳，里正還說要送他們出門，但韓啟卻讓里正儘量平躺著不動，等會兒會請他爹爹過來，再幫里正瞧瞧。

里正本還覺得自己能行走幾步，被韓啟這般一說，立時覺得腰都挺不起來，遂吩咐小廝代他送客。

韓啟和秦念前腳剛走，兩個小妾立時到里正跟前哭訴。

不過，她們並非直言康琴不好，而是說剛見了秦念，就覺得秦念好可憐，康家大房的人當真是壞透了，村裡人都說，當時秦念生大病，就是康奶奶聯手康琴下的毒。她們都好怕，

一來怕康琴嫁過來後，家宅不得安寧，結了這門親，康奶奶定會找各種藉口來要錢；二來怕里正年紀大了，萬一康琴被康家奶奶慫恿，在里正碗裡下毒，她們是想攔也攔不住。

里正被兩小妾這般提醒，頓覺後背與脊梁骨一寒，暗罵自己當真是被色慾熏了心，老糊塗了。

天將將要黑時，康家院子又熱鬧起來，但這回的熱鬧完全沒有上回的喜慶，反而是嚎聲、哭聲和罵聲接連一片，吵得隔壁鄰居不得安生，紛紛出來看熱鬧。

觀望整個白米村，康家的熱鬧怕是最好看。

里正要退親了，擔心康震阻攔，便找人把康震誆到外村偷雞摸狗，再來找楊氏要那兩口箱子及裡面的東西。

楊氏抱著那兩口箱子，怎樣都不肯撒手，鬧得還要抹脖子，說里正出爾反爾，要毀了她孫女的名聲。

鄰居們議論紛紛，康琴還有何名聲可言，往後怕是連瞎子或瘸子都不願娶她了。

末了，里正派來的小廝強行將兩口大箱子擔回去，任由楊氏在自家院門前打滾撒潑。

待到夜深，楊氏還在拍著大腿後悔不已，這些日子光顧著與康震爭箱子裡的東西，沒先拿出來。早知如此，便該早早分了裡面的錢財再藏起來。

最後，楊氏氣不過，還打了康琴一頓撒氣。

翌日一大早，康琴偷偷溜進秦念家的院子找秦念，一是為了謝謝秦念幫她，二是想讓她再幫忙拿拿主意。

「我還未及笄便毀了名聲，現在想想，全拜我奶奶所賜。」康琴眼淚汪汪地看著秦念。「念兒，妳說我該怎麼辦才好？」

秦念看著康琴，也覺得她著實可憐。「妳是沒遇上個好奶奶才會如此，但往後得記取教訓，再不能做那些蠢事。」

康琴連連點頭。

秦念沈吟。「妳待在白米村，肯定沒有什麼出路，倒不如去鄰縣找妳爹娘。跟著他們討生活，總比在村裡耗著強。」

康琴抿唇思索一會兒，點點頭。「是呀，去找我爹娘才是我唯一的出路。但路程好遠，我一個小女子，哪敢獨自前去。」

秦念道：「讓妳哥送妳去。」

康琴擰眉。「他？哼，大概半路上就會把我賣了。」經過這回里正提親的事，她再也不敢相信自家哥哥。

秦念也蹙起眉頭，心道肯定不能讓康琴一個人去，她可能還沒走出三里地，就被山匪劫走了。

這時，康琴突然眼睛一亮，唇角浮起笑意。「不如我去縣城找我姨母，她在縣城一戶人家裡做工，看能不能幫我謀個差事。我二哥也在縣城讀書，他可比大哥好多了，一定會護著我的。」

康琴的二哥是康岩，正是前世秦念要嫁的那個人。

說起康岩，秦念便想起前世的事，心中不由一滯。

她想了想，從枕邊摸出個沈沈的錢袋，塞進康琴手裡。「這裡面有五千多銖，妳拿著當盤纏。另外，我會安排妳去縣城。」

白米村到縣城不足百里，不算遠。

康琴捧著錢袋，頓時哽咽起來。「念兒，我以前那般待妳，妳卻以德報怨，我……」

秦念輕撫康琴的肩，淡笑道：「好了好了，別說這些閒話了，趕緊把錢袋藏起來，別讓妳奶奶瞧見。我想想要如何讓妳動身，妳先去屋裡等我消息。」

康琴將錢袋藏進袖子裡，千恩萬謝地回了自己的院子。

這日午後，恰好秦念要去鎮上坐診，還要帶兩車膏糖，便讓康琴混進了車廂。

待她傍晚回來，屋裡正熱鬧著，楊氏質問秦氏，說康琴不見了。

秦氏按著秦念所教的，只道康琴今早來說，白米村怕是待不下去，要去鄰縣找她爹娘。

秦氏還勸了許久，讓她不要去。

楊氏見秦念回來，立時問道：「秦念，妳是不是把康琴帶出去了？」

秦念不慌不忙地點頭。「是啊，今天我要去鎮上，康琴硬要跟著我。我本不想帶她，但她那性子，妳也知道，如果不帶著她，怕會扒下我一層皮來。我沒辦法，只得帶她去了。」

楊氏追問道：「那後來呢？」

秦念回答。「她向我借了一千銖錢，找個去鄰縣的商隊走了。」

楊氏聽明白後，猛地一拍大腿，又哭又罵道：「這個死妮子，一個女娃子就這樣跟商隊跑，萬一被人強姦了可怎麼辦！」

這話難聽得連秦念都聽不下去。

秦氏忙勸慰道：「娘，琴兒大了，跟的又是商隊，您就放心吧。」

秦念不想讓楊氏為這事鬧騰，也接話道：「那商隊與羅醫工熟，我託羅醫工打了招呼。」

楊氏聽罷，這才放下心來。

秦念見狀，心道到底還是孫女，心口還是會疼的。

那時，她送康琴到鎮上後，屠三剛好要趕馬車，將膏糖送去縣城的濟源醫館，秦念便與羅禧良說，讓他幫一把。

羅禧良對康琴無意，那夜之事，他既不恨也不怪，所以要幫沒問題，吩咐屠三順道把康琴護送到縣城。

秦念之所以跟楊氏說康琴去了鄰縣，就是怕楊氏要康震去縣城找康琴。

不過，秦念當真找商隊帶了封信去鄰縣，將康琴在白米村所發生的事一一寫上，也告訴康家大伯兩口子，康琴去了縣城找她姨母和康岩。

一會兒後，楊氏回了自己院裡，看著廚房的冷鍋冷灶，心裡既煩悶又落寞。

自大兒媳跟著大兒一起去鄰縣做工，便是康琴管著灶臺。這會兒康琴不在了，灶臺就得由她來操持。

她多想去隔壁蹭小兒媳的灶，但屋裡還有個孫兒呢，總不能不管康震了吧。想著，還是撐著兩條老腿去了灶邊，開始燒柴煮飯。

接下來，秦念安逸十來日，忽有一天，味園出事了。

味園又鬧鬼了。

昨日夜深，阿三出來小解，忽見院裡有道白影飄過，頓時嚇軟了腿，尿濕褲子。

這會兒，秦念正在院裡查探，阿三指著白影出沒的地方，說話時牙齒還在打顫。

「一定是這宅子的主人來索命了。」

秦念臉一沈，目光掃向阿三臉上。「阿三哥，事情沒有查清楚之前，不可亂說話。」她看過兵書，深知穩定人心的重要。

此時，作坊裡的工人們都沒了心思做事，秦念聞到作坊裡傳出焦味，連忙拔腿跑過去。

「糊了那鍋不能再要！」
「念兒，這豈不是浪費？」
「浪費也沒辦法，我們味園做出來的膏糖，口感一定要穩定。燒糊了不僅會影響口感，更會影響藥效，所以絕對不能要。」
秦念說著，命工人將糊了的膏糖尋個盆子裝起來，打算等涼了後，分給工人們帶回家吃。她深知過慣了窮日子的山裡人，可不捨得把好好的東西給扔了。
「念兒，那鬼又來了，我們在這裡幹活，不會出事吧？」
「放心吧，我會查清楚的。若真有鬼，我便請個法師來看看。」
「那就好、那就好。」
秦念安撫好工人們，便又回了後院。

第八十章

這會兒，韓啟也來了，阿三將昨夜之事告訴他。

秦念道：「我打算搬到味園來住。」

韓啟點頭。「我也來。」

後院四間房，秦念早已安排了自己住的，還留一間房，是給韓啟的。

秦念原本要搬過來的，卻總是擔心楊氏欺負母親，所以一直拖著沒搬。

因為不知道是不是真有鬼，若是鬼，秦念也怕驚動了它，所以等到夜黑之時，才與韓啟悄悄住了進來，也沒點燈。

半夜三更，鬼還未出現，秦念趴在窗戶下想，莫非鬼怕了她不成？知道她來了，就不現身了。

就在秦念打著哈欠，要睡著時，忽然聽到院裡有動靜，睜大雙眼一看，果真有條白影。

秦念瞄了已在床上睡著的阿三嫂一眼，心道不知韓啟有沒有瞧見。

這夜她住在阿三夫妻的房間，讓阿三去隔壁睡。韓啟則躲在院中某一處地方，連她都不知道在哪裡。

秦念推門出來，打著哈欠朝茅房的方向走，完全無視那條飄來飄去的白影。

在秦念將將要進茅房時，白影忽地往她面前一晃。

時機到。她精神一振，猛地轉身，朝白影撲上去。

管它是什麼樣的鬼，秦念豁出去了，可她將白影撲倒在地時，聽見白影發出熟悉的哼叫聲，身體還是溫熱的。

白影身形寬大，秦念太過瘦小，白影幾個掙扎便將秦念推開，匆匆從地上爬起來後，奪路欲逃。

可白影還沒跑出兩步，便被一把亮晃晃的長劍擋住。

阿三和阿三嫂也各提著一盞燈，從屋裡跑過來。

阿三一見那白影，驚道：「康奶奶，怎麼是妳？」

沒錯，楊氏又作怪了。不，她是在裝鬼。

楊氏沒想到，撲倒她的人不是阿三嫂，而是秦念。

阿三嫂也是瘦瘦高高的身材，與秦念相似，楊氏本來是想嚇阿三嫂的。

「康家奶奶，妳為何要在這裡裝神弄鬼？」秦念質問道。

楊氏知道韓啟不會真拿劍砍她，別過頭，冷哼了一聲，不搭腔。

「味園開業之前，也是妳在這裡裝神弄鬼的吧？」秦念繼續問。

楊氏又哼一聲，不說話，算是默認。

韓啟見楊氏這般態度，也惱了，吩咐阿三。「把她關到屋裡去，明日等工人們來上工，讓她好好說說鬧鬼的事，免得人家還真以為味園有鬼。」

阿三和阿三嫂朝楊氏走來，阿三力氣大，加上昨夜被楊氏嚇得不輕，心裡有氣，所以抓她的手勁更大了幾分。

楊氏見阿三動粗，打算拿出撒潑的本事，欲大哭大鬧一番。但尾巴還未翹起來，秦念便知她要來這一套，於是一步上前，對她大喝一聲。

「妳鬧呀！」她轉頭對阿三說：「現在就把村裡的人都喊來，說抓到味園的鬼了，讓大家來看看。」

阿三連連應聲，覺得這個主意不錯，當場逮到，得趕緊讓大家都知道才好，於是拔腿往外跑去。

楊氏沒想到秦念會來這一齣，早知就該聽韓啟的，先被關起來，或許中途還有機會逃跑，最後再來個死不認帳。

此刻，她就是想跑，也跑不掉呀！韓啟的個子那麼高，一把長劍握在手心，劍尖抵在她胸前，劍身愣是連抖都不抖一下。

阿三年紀輕，身體底子好，聲音中氣十足，一邊跑、一邊大喊：「味園抓到鬼啦！鄉親們快來看鬼呀！」

他不歇氣地從村尾喊到村頭，不過一刻鐘，就把整村的人從榻上叫起來。一時之間，白米村燈火通明，好像連天空都被染亮了。

味園的大門前，楊氏由阿三嫂和聞訊趕來的李苗氏押著，秦念遠遠站在一旁。畢竟是母親的婆婆，這事她不好出面。

韓啟立在楊氏跟前，楊氏不敢挪動半分。秦念算是將這事全權交給韓啟了。

但韓啟也不多說什麼，全由著阿三和阿三嫂來跟村民們講述剛剛發生的一切。

李苗氏嘴皮子了得，半開玩笑、半認真地將楊氏數落一頓，又罵她居心不良，秦念開了味園，還想著到這裡來謀害秦念，讓味園開不下去。

楊氏看著全村的人都來了，夜色之中，像星星一樣多的燈盞將她的臉映得慘白，羞得巴不得把臉埋進褲襠裡才好。

那些工人和受過秦念恩惠的村民們吆喝著要去報官，楊氏嚇得腿肚子都軟了。還有村民提議，讓楊氏穿著這身白衣裳，披散頭髮遊村，好讓大夥兒知道味園的鬼長什麼樣子。

這會兒秦氏和康有田也來了。

康震是早早就來的，但遠遠瞅見味園外圍了那麼多人，感覺著實丟臉，遂又回屋睡覺。

康有田一到，便有村民們叫嚷著，要他管好自家母親，別再讓這老婆子在外面生事，還說要對秦念好些，別老想著法子來謀算秦念。自秦念開了味園後，大家的日子總算有了盼頭，秦念是整個白米村的大恩人。

秦念見這件事鬧得差不多，母親又上前說好話，便順著母親的話，讓阿三夫妻放了楊氏，又讓繼父把她帶回家。

康有田和秦氏架著楊氏回去，村民們也漸漸散了。

此後，楊氏再也不敢出來作怪，因為不管她說什麼，人家都不會再相信了。村民們見著她，也都避得遠遠地。

轉眼便到夏末，玫瑰花季已過，桑葚早就沒有了，去年商戶存在冰窖裡的梨子也賣完，現在能做的只有桂花膏糖。

這些時日，秦念鼓勵村民在山裡開墾梨園和棗園，再尋些桂花苗，到處種上桂花樹。這樣一來，待到來年桂花時節，不僅有桂花採摘，滿村也會飄著桂花香味。

味園中院的一間廂房被秦念整理出來，作為研製膏糖和藥食之所。

這日，秦念把新採摘的菊花配以藥草，做出菊花膏糖，又請來幾位病人，讓他們服用。不過兩、三日，便證實有清肝明目等諸多療效。

接著，她又按醫書所說，研製茯苓藥餅，亦有補中、健脾、除濕之效，將來味園不僅要做膏糖，還要做各類滋補類的點心。為此，她還請羅禧良幫忙，在縣城訂做印著味園藥食坊標記的油紙，專門用來包裝藥食。

這天，秦念正在中院的廂房裡翻看醫書，準備再做幾款合時宜的藥食點心，阿三突然急急地在外面敲門。

「念兒姑娘，妳快出來瞧瞧，後山出了點事情。」

這陣子，阿三按著秦念的吩咐，帶著幾位男工在後山開挖地窖，準備在冬日取冰，建成冰室。

秦念從屋裡出來，隨阿三去了後山。

後山那一大一小兩座衣冠塚的石碑前，安放著一隻肥碩的死兔子，還有一隻野貓。咦，不對，不是野貓，而是一隻小豹子。

「是誰丟在這裡的？」秦念問。

「今兒一早，我們來後山，便見到兩座墳前有這些死物。」阿三摸著後腦勺看秦念，一臉尷尬。

「其實，這種事不只發生一次了，十日前便見墳前有一隻乳豬，也是剛死的，肉正新鮮，當時我們並未在意，就煮了吃。那日妳不在味園，去鎮上看診，便沒跟妳說。前日見到的是隻小羚牛，像是剛出生的幼崽，那回妳也吃過這肉，沒覺得有什麼不對，所以沒刻意與妳說。這回又見著墳前有死獸，覺得不太對勁，就去喊妳來了。」

秦念眸子微瞇。「這裡怎麼會有死獸呢？」有人的地方，很少見到這類野獸。

阿三道：「我去叫韓哥兒，他見多識廣，說不定能看出什麼來。」

秦念點頭說好。

不一會兒，韓啟來了，在路上便聽阿三把前兩回碰到死獸的事說清楚，此時看著死去多時，卻還未發臭的野獸，喃喃自語。

「羚牛和豹子一般只在深山裡出沒，而且還是剛出生的崽，怎麼會死在這裡？」

這件事，一時也猜不明白，韓啟便叫人埋了這兩隻死獸，往後碰到這些，千萬別吃，怕有問題。秦念又安排了幾個人，留心這裡的動靜。

但之後，一直未見死獸出現，便沒人再提起此事了。

第八十一章

這日午後，秦念獨自騎馬去鎮上坐診。

盛夏時，韓啟想著秦念回回坐牛車，路上花費的工夫長，日頭炙熱，擔心她中暑，便找人幫忙，從幾十里遠的郊外馬市，買了匹良馬給她，還天天教她騎馬。

如今，秦念的馬術已經很不錯，加上跟韓啟習武，拳腳功夫亦有不少長進，不怕路上碰到山匪。實則自戰亂過後，當今皇帝鼓勵農耕，推行商貿，山匪也越來越少了。

由於秦念的醫術不錯，再加上她是女孩子，鎮上乃至鄉下有不少女病人慕名過來找她看病。所以，每每她坐診之時，病人都從館內排到外面路上，排得老遠。

遇到這些日子，羅禧良也會盡早從其他村子回來，以免耽擱秦念回家。

這天，羅禧良回到醫館後，給秦念帶來了她哥哥秦正元的消息。

秦正元從北邊莊子調回來了，不清楚怎樣調回來的，但他還未與歐陽莊主見過面，所以沒能成為歐陽莊主的徒弟。

其實，秦念也想過，要不要幫哥哥向歐陽莊主求求情，但後來又覺得自己插手，於哥哥來說未必是好事，所以一直觀望著，心道哥哥此時能在莊子裡安好便好。

待秦念騎馬回去後，屠三也趕路回到了醫館。

「公子，我在京城查到了韓啟，他的身分果真不凡。」

「沒驚動別人吧？」羅禧良親自遞一碗茶湯給屠三，讓他坐下來慢慢說。

屠三喝完茶，道：「沒有，我安排的人十分可靠。」

正因為羅禧良交代過，這事寧可慢些查，也不能驚動他人，以免給韓啟帶來不必要的麻煩，所以他直到昨日才查出些眉目。

羅禧良之所以會如此吩咐屠三，是因為他覺得韓啟雖不是很好相處，但看韓家父子在白米村的作為，定不是壞人，所以不能昧著良心做事，萬一不慎害了韓家父子，那就不好了。

是夜，秦念回家與母親吃過晚飯後，回味園去住。

自她發現楊氏裝鬼那夜起，便搬去味園，但會回家與母親一起吃飯。而韓啟為了避嫌，並沒有住過去。

夜半時分，秦念睡得正甜，忽聞外面一聲驚呼，是阿三嫂的驚叫聲，隨即聽到對面屋裡傳來夫妻倆的爭論聲。

「什麼鬼？康奶奶都露臉了，怎麼還會有鬼？」

「那鬼很清瘦，不是康奶奶，嚇死我了……」

「娘子，妳是糊塗了吧？有沒有看錯？」

「沒看錯，一條黑影，不是穿白衣裳，一晃就沒了。」
「難道是康奶奶要她孫子康震來這裡裝神弄鬼？」
「不知道，反正一眨眼的工夫，那身影就消失了。」
秦念披著衣服站在屋門外，輕喚一聲。「阿三嫂，出了什麼事？」
阿三嫂推開門，與阿三一道走出來。
「念兒姑娘，剛才我去茅房，一出門便見一條黑影，一閃就不見了。」
「妳可看得真切？」
「看得真真切切。那黑影弓著腰，一晃就跳上圍牆，然後消失了。」
秦念走到院子中間，看著阿三嫂指著的圍牆，道：「這圍牆足足有二丈高，怕是康震還沒那功夫可以一腳跳上去。」即便是韓啟，要像阿三嫂所說的身形一晃，弓著腰就躍上牆，也是有些困難，起碼得有個助力才行。
「莫不是野獸吧？」
阿三嫂有些想不通了，那身影一跳的模樣，的確像野獸，但身形顯然是人的樣子。
「猴子，一定是猴子。」阿三像是發現了真相一樣。
阿三嫂想想，點點頭。「有點像猴子，若真的是，也是隻很大的猴子。」
秦念看著阿三。「你去拿燈籠，在宅子裡查看一下。」
阿三忙點頭。「好。」

阿三嫂擔心丈夫，忙道：「我陪你一起去。」

阿三道：「妳還是陪著念兒姑娘吧！」說著去屋裡取了燈籠，再去中院查看。

一會兒後，阿三到秦念這邊回應，說是宅子裡並未丟失東西，一切正常。

秦念心道，一定就是猴子竄進來了吧！

次日早晨，秦念吃過早飯後，去了韓啟家，與韓啟練武時，將昨夜之事說了一通，韓啟說他會去查看。

除非是山林著火，不然猴子是不會往有人的地方跑的。

上午，秦念又跟著韓醫工去了村民家中，替小兒看診，韓啟便自己去味園。

等到午時，秦念回到味園，韓啟將一樣東西遞到她手中。

是由一根藤繩掛著的小玩意兒，秦念拿在手中仔細一看，頓時嚇得把它丟在地下。

這小玩意竟是一個小小的骷髏頭。

韓啟將鳥骷髏頭撿起來。「不用怕，這是小鳥的頭骨。」

秦念驚得不輕。「誰會把鳥的骷髏頭戴在脖子上？」

韓啟道：「阿三嫂說，味園每日都被打掃得乾乾淨淨，這骷髏頭正是在昨夜那黑影出現的圍牆底下發現的，想必是黑影的。」

秦念蹙眉。「不是猴子嗎？」

韓啟瞇眼，咧嘴一笑。「猴子會弄根藤繩，把小鳥的骷髏頭戴在脖子上？」

秦念搖頭。「那就是人了，不是獸。」

韓啟點頭，但誰會用一個小鳥的骷髏頭當裝飾玩呢？

這個問題也是韓啟想知道的，於是做了決定。「我今夜住在這裡，直至抓到那個人。」

可自韓啟住進來後，那黑影就沒有再出現過。

這日，康家又熱鬧起來。原來是康家大伯的二兒子康岩回來了。

這些日子，秦念魂不守舍，擔心的正是這件事。

前世時，康岩是在半個月前，也就是七月初七，七夕那日回來的。

當時康岩說他選在這個日子回來，就是想給她一個驚喜。

這世，康岩遲了半個多月，後來秦念聽母親說才知道，康岩本來是打算半個多月前動身回來，因為康琴在縣城人家裡幫工時出了事，為了處理，便耽擱了。

至於康琴出了什麼事，康岩並未明說，想來是不太好的事。但康岩託朋友送康琴去京城，她還在京城找了份差事，是在大戶人家裡做工，因禍得福。

楊氏並不知道康琴當時是直接去縣城的，以為是後來才去。因康琴竟去了京城，楊氏鬱悶了好久的心情終於轉好，又對著秦氏挑三揀四起來。

這天的晚飯，秦念是在味園吃的，還讓韓啟陪著她，壓根兒不想跟康岩見面。

奈何康岩吃過飯後，到味園來找她，還是康震陪他來的。

但韓啟卻被叫走，有位村民摔斷腿，韓醫工要他過去幫忙。

一會兒後，秦念看著康家兄弟倆，一個頭比兩個還要大。

康岩長得比康震好看些，許是因為康家大伯把錢都留給他，吃得比康震好，所以身量比康震高些，但沒有康震那麼壯實。這些年經過書本的滋養，康岩也越來越有書生氣質，令人一看便覺得是個有出息的。

但秦念看康震那眼神，康震似乎對自家弟弟並不友善，許是在嫉妒吧。

秦念覺得，有康震橫在中間，反倒是件好事。

康岩一見到秦念，兩眼便有了光，幾步上前想握住秦念的手臂，卻被康震橫身一攔，擋住了。

「岩弟，念兒長大了，不再是小孩童，你得注意舉止。」

向來蠻橫的康震這會兒說出舉止二字，秦念覺得實在有些違和。

康岩仔細打量著秦念，雖然這會兒天色已經暗下來，但秦念的模樣在他眼睛裡，仍十分清晰。秦念長高了，身子看起來沒有去年那般弱，眉眼長開了些，五官顯得更精緻。再過個兩、三年，稍加打扮下，便是絕世傾城的美人兒。

「念兒，聽說妳晚上住在味園？」

「嗯。」

「妳幹麼不回家住？要不，今夜回家住吧，晚上到我這邊院子來坐坐，我跟妳講講縣城的趣事。」

「不了，我是在縣城長大的，聽了只會徒增煩惱。」秦念又道：「我在這裡住得挺好，而且晚上還有事情要忙。」聲音冷硬，沒有一絲感情。

康岩感受到秦念語氣中的冷漠，只以為秦念生氣了，氣他回來得晚了些，於是忙道：「我在縣城為琴兒的事情耽擱了些日子。我知道妳喜歡讀書，便帶來些話本子，還買了好玩的玩意兒。妳要是不回去的話，我現在回去拿來給妳。」去年，他偶然發現秦念識字，家裡還藏著書。

「不必了，我現在事情很多很忙，每天醫書多得都看不完，沒有工夫看話本子。還有，我長大了，不喜歡那些無聊的玩意兒。」秦念掃了夜空一眼。「天色暗了，你趕緊回去吧，我得去掌燈做事了。」

她說罷，轉身踏進門檻，再返身，將味園的大門關上，差點撞上康岩的鼻頭。

康岩看著秦念的反應，頓時傻了。

「完了，念兒當真生我的氣了，可我不是故意要晚回來的呀！」

康震聽著弟弟的念念叨叨，實在不耐煩，大聲道：「秦念哪裡是生你氣，她是心裡根本沒有你、不在意你，別在這裡浪費力氣了。」

康岩聽著這話，不高興了。他知道哥哥也喜歡秦念，但很明白，秦念不喜歡哥哥那種粗鄙的男兒。

「哥，念兒不過是生我的氣而已，明兒我會再來找她的。」

康震冷聲道：「岩弟，你真是離開家裡太久，不知道村中近半年來發生了什麼事。」

康岩看著康震。「發生了什麼事？」

康震道：「正月時來了一對父子，姓韓。念兒與韓啟日夜在一起廝混，兩人都不知道發展到什麼程度了。」此時只恨自己無用，一直沒尋著機會撲倒秦念，不然哪輪得到韓啟。

「什麼？」康岩一臉詫異之色。

康震不耐，瞅著味園剛閉緊的門，道：「這幾日晚上，他還住在這裡呢！不知念兒是怎麼想的，不要名聲了嗎？」

康岩心頭猶如被重拳一擊，氣得現下就想去找韓啟。「韓家在哪？我去找他理論。念兒一個姑娘家，怎能與一個小子住在同個屋簷下？」

康震聽了，頭一扭，眼皮子一翻。「那小子來了。」

第八十二章

剛上石階的韓啟冷眼看著康家兄弟，待走到他們面前時，目光盯在康岩臉上，冷道：「你想找我理論，現在剛好是個機會。」

康岩盯著韓啟，頓時眼珠子被困住了，這小子完全不是他所想的那樣，會是個跟哥哥一樣的粗鄙貨色，這小子竟然是位姿容俊雅、氣度非凡的男兒。

他甚至有種感覺，覺得自己與這小子站在一起，頓時矮了一大截。雖然這小子穿的是村裡人常穿的粗麻布衣，但這身外衣完全遮不住他身上所散發出來的氣勢，暮色下，似有一道耀眼的光圈環住他。

「怎麼樣？如果你不想理論的話，那我便進去了。」

韓啟看也不看康岩一眼，逕自走到門前，欲敲大門。這個康岩雖是讀過幾年學，身上有幾分文人模樣，但韓啟覺得，此人無論品貌和氣質，皆不如羅禧良。

若真到了那一天，他無法給秦念幸福，那他要幫秦念選的良人會是羅禧良，或是比羅禧良更優秀的男子，絕不會是康岩。

「慢著。」康岩見韓啟要進去，立時急了。「念兒一個姑娘家，你與她同住一棟宅子，豈不是污了念兒的名聲？」

韓啟轉身看著康岩，清冷一笑。「且不說這宅子裡還有看門打雜的阿三夫妻，就以我與念兒是師兄妹的關係，同住一棟宅子也沒有問題。再說了，念兒都沒有覺得不妥，你有什麼資格說話。」

「你……」康岩指著韓啟，氣得一口氣快順不過來。

韓啟懶得理會康岩，在門上敲了下，喊了聲。

門吱呀一聲打開，韓啟邁進高高的門檻，無視康岩在他身後齜牙咧嘴，氣得直跺腳。

門被關緊，康岩氣沖沖地往回走，結果因為天色黑下來，不熟悉路，又心急如焚地想去找秦念的母親理論，結果一個不小心從石階上摔下來，滾了四、五個臺階才停住，疼得他嗷嗷直叫。

此刻，好些村民經過，康岩撫著身上的痛處，躺在地上看著那些人的目光，頓時覺得自己當真是斯文掃地，顏面無存。

他可是白米村唯一的讀書人啊！

片刻後，康震等那些村民看足了熱鬧，才去攙扶康岩。

他自小便覺得父母偏心，尤其記得，小時候家中的雞生了蛋，都得讓康岩吃，連最小的妹妹康琴都沒得吃。

他們長大後，父母見康岩性子靜，姨母又攛掇著母親送康岩去讀書，將來也不至於幾代人都是打獵種田的山裡人。自康岩讀書後，什麼好吃的、好穿的，向來只有康岩的分，尤其前幾年戰亂，全家人都吃不飽，父母還要把他的那口粥糧分些出來給康岩。

多年的積怨，讓他十分討厭康岩，所以此刻見康岩滾下石階，他反而幸災樂禍的偷偷笑了，還故意讓村民們看康岩的笑話。

康岩卻只以為哥哥愚笨，不懂得快些把他扶起來，提了提腳，擺擺手，感覺動哪裡都疼。這下摔得太重了，不知道有沒有傷著骨頭。

回到家中，受了傷的康岩腦子冷靜了幾分，覺得現在去問秦念的母親，似乎也不太好。

楊氏見康岩瘸著腿回來，便急出了淚水。康岩可是她最疼愛的孫子，還指望著康岩將來做了官，把她接到城裡去享福呢。

「我的乖孫，你這是怎麼了？」

康震聽著就心裡酸，極不耐煩地頂了句。「奶奶，您這表情像哭喪一樣。」

「呸呸呸……」楊氏見康震說話極不好聽，忙罵道：「小畜生，你可是當哥哥的，哪能這麼說話，多不吉利呀！」

康岩心裡一直想著秦念與韓啟同住一棟宅子之事，顧不得身上疼，忙問楊氏。「奶奶，您可知道韓啟是什麼樣的人？還有他爹爹。」

楊氏想起韓啟，心裡就有氣。「那小子整日護著秦念，可不是個善茬。」

康岩聽著糊塗，但有一點倒是聽明白了。「奶奶，您要對念兒好些，將來她可是您的孫媳婦。」

楊氏扭頭看著康震，心裡盤算著，秦念這丫頭性子硬，怕是只有康震才能降得住。再說，她可不想讓秦念跟著康岩過好日子。將來康岩當了官，城裡什麼樣的姑娘都有，到時候高門貴族家的閨女都得排著隊任康岩挑選，隨便結門親，都能讓她享福，所以不能讓康岩娶秦念。

「岩兒，念兒那死妮子可厲害了，她跟著她娘一起嫁到我們康家來，如今在家裡都是橫著走的，還對外說她不是康家人，張口閉口都喊我康家奶奶，顯然就是不認我這老婆子當奶奶了。」

這兩年康岩每年回一、兩次家，回回都能撞見奶奶欺負秦念，所以很清楚奶奶才是那個不講理的。

但康岩讀了那麼多的聖賢書，認為長輩即便是有錯，也得先順著，不能責怪，於是轉移話頭，又問起韓啟。

「奶奶，我想知道的是韓家的來路，他們是從哪裡搬來的？」

康岩自見到韓啟第一眼起，便覺得韓啟不像貧苦人，如果韓啟真不是出身貧苦人家，那他到底是從哪裡來的，這點一定要先弄清楚。

楊氏想了想，道：「韓家父子倆的來路，我們真不知道，能知道的是，從沒有見他們父子倆出過白米村。」

「從來不出白米村？」康岩疑惑了。「莫不是哪來的匪徒，惹了人命官司，躲到這裡？」他不會忘記韓啟那雙眼睛，看著他時，寒氣逼人。

楊氏搖搖頭。「這倒不太可能，韓醫工是醫者，治病可厲害呢！」她乳上那個整日發臭流膿水的惡瘡，居然被韓醫工醫好了。不對，好像是秦念治的，因為秦念那一套套的診斷之話，說的都沒錯，如今她覺得自己身體陽氣足足的，睡得好了，飯量增加，走路都帶著風。

康岩將韓家父子倆不出村的事情琢磨了一整夜。

幾日後，康岩又去味園找秦念，李苗氏說秦念去跟韓啟習武，跟韓醫工學醫術去了。

還當真是師兄妹呀！康岩心裡像是灌了十斤醋。

接著，康岩去韓家，大門卻是緊閉，隔壁鄰居說，秦念跟韓啟練完武功後，就去濟源醫館，幫人看病了。

前幾日康岩的腿摔得很疼，所幸未受大傷，便想著在家裡將養幾日，免得讓秦念看笑話。在家裡煎熬五日，感覺走路很正常了，這才出門去找秦念，卻又聽說秦念去了鎮上。

如今秦念當真是長了大本事，不僅開了藥食坊，還能到鎮上的濟源醫館坐診。

不過是半年未見，秦念怎麼變得如此厲害？

康岩百思不得其解，這還是原先那個弱弱的小姑娘秦念嗎？

到了傍晚，康岩去村口的橋前等秦念，聽聞這座橋是韓啟所建，愣是連踩在橋上都覺得彆扭，恨不得自己有雙翅膀可以腳不沾橋，直接飛過去。

等到秦念縱馬回村後，秦念完全無視他，馬蹄達達，直奔味園。

因為康岩回家，秦念都不敢回去跟母親一道吃晚飯。

康岩沒想到秦念會騎馬，還騎得這麼順。他長這麼大，只幫縣學的老師牽過馬繩呢！但他不能放棄，他資質差，昔日能懸梁刺股苦讀，靠的就是絕不放棄的信念，才成功考上縣學，邁上博取功名大道的第一步。

秋日已深，夜風清寒。

味園中院的廂房裡，秦念盛起剛研製好的藥膏，給韓啟品嚐。

「這幾次在醫館坐診，發現小兒受寒的病症偏多。近日秋高氣燥，又將近入冬，便想趕緊做出滋養脾胃的藥膏給小兒服用，這樣一來，冬日生病的小兒便會少許多。」

人的脾胃元氣不足，將致陽氣不能固護體表，而易受風寒、外邪所侵，尤其是體弱的小兒，天氣稍微變涼，就會生病。秦念心疼孩子，便想製出一味能護脾胃的藥膏來。

韓啟嚐過後，根據膏藥的氣味和入胃的感覺，誇讚道：「藥性明顯，看妳所用藥材，皆是甘平無毒，十分適合小兒服用。念兒，妳太有心了，有了這種護脾胃的藥膏，將來不知會有多少孩子因此受益。」

秦念聽了韓啟讚美的話，十分興奮。「因是給小兒日常服用，價錢不能太高，到時我還要與羅大哥商議此事。」

韓啟道：「那我再去幫妳訂製些小藥瓶來。」

秦念點頭應好。

韓啟叮囑她。「早些睡吧。妳看妳從早忙到晚，沒歇過片刻，累不累呀？」

秦念彎唇一笑。「不累。」有他在她身邊，她做任何事都跟打了雞血一樣有勁，似乎沒感覺到累。

不過，此時夜深，她倒是有些犯睏了，於是將屋裡收拾妥當，和韓啟各自回屋安睡。

第八十三章

時值夜半三更，屋外傳來哐噹一聲大響，及一道慘叫聲。

秦念驚醒，俐落地起身點燈，再開門一看，發現對門的韓啟也提著燈籠從屋裡出來。

昏暗的燭火下，一條瘦瘦的黑影躺在院中臺階下，一動也不動，像是個死物。

韓啟率先上前查看，把燈籠湊過去，瞧見一雙瞪圓的眼睛和一張張得很大的嘴巴，眼珠子呆滯不動，竟是康岩。

阿三夫妻也來了，秦念驚道：「康岩怎麼在這裡？」

阿三嫂問：「韓哥兒，他是不是死了？」

韓啟的手從康岩脖頸處收回。「沒死，像是被嚇暈過去了。」說罷，又伸手去掐康岩的人中。

康岩被韓啟這般一掐，瞬得滾圓的眼睛一翻，忽地大聲一喊。「鬼呀！鬼，有鬼……」立時坐起身，雙手雙腳一陣亂舞。

阿三愣愣地說：「他是被嚇傻了吧。」

阿三嫂卻一臉警戒地打量四周。「看來這宅子裡是真有鬼了。」

秦念也覺得有些奇怪，但她更怕康岩在味園發瘋，往後說都說不清，趕緊回屋取來一根銀針，遞給韓啟。

韓啟知道秦念是讓他扎穴，於是抓起康岩的手掌，銀針刺入少府穴，先救人再說。

片刻後，康岩安靜下來，呆坐一會兒，神智漸漸恢復，抬眼看著面前的韓啟，轉過頭，正對上秦念那雙眼睛。

夜色中，康岩看不清秦念的眼神，但覺得秦念一定是嫌棄他了，因為他還記得自己剛剛發癲的樣子，連忙出聲解釋。

「念兒，我在這兒見著鬼了，那鬼還絆了我一腳，害我從院子裡的水缸上掉下來。接著，那鬼往圍牆上一跳，就不見蹤影了。這院子裡真的有鬼。」

秦念瞇起眼。「又是能跳圍牆的鬼，這是第二回了。」

康岩聞言，心下一鬆，覺得身上的力氣回來了些，想爬起身，卻發現腿還有些軟。

韓啟看向阿三，阿三心領神會，連忙扶起康岩，關心地問：「岩哥兒，你沒摔著吧？」

康岩想著，自己腿軟應該是被嚇的，但又沒臉說，便順著他的話道：「有一點，應該不妨事，休息一會兒就好了。」

韓啟卻厲聲道：「康岩，聽說你是讀書人，三更半夜，為何要翻牆進來？」明知故問。

康岩一愣，臉上立時發燙，好在夜色昏暗，旁人看不出來。

秦念也好奇。「你想進來，敲門便是，幹麼翻牆？」

康岩摸著後腦勺，十分尷尬，想了好一會兒，覺得不如把原因說出來，於是道：「我擔心韓啟會對妳無禮，便趁著半夜來探查一番。」

秦念聽了，哭笑不得，康岩這是想來抓姦嗎？可她連十三歲都未滿。想到這裡，突然發現，再過幾日，她就滿十三了。

韓啟寒著一張俊臉，冷道：「康岩，虧你是位書生，居然把人想得如此齷齪。」

阿三也忙解釋道：「韓哥兒可是位難得的君子，岩哥兒想太多了。」話裡還帶著些責怪，康岩這樣詆毀韓啟，他也很生氣。

康岩到底讀過書，見狀連忙搬出聖賢那一套。「男女授受不親，禮也！念兒雖未成年，不懂事，但你堂堂七尺男兒，怎能與一小女子同住？」

這件事其實是說不清的，真是論起理來，韓啟的確站不住腳。

但前些年戰亂，導致百姓妻離子散，禮樂崩壞，所幸後來亂世終結，生活才日益安定。爾後，民風慢慢變得開放，以前女子不可有所作為，如今女子也能獨當一面，男女之間的距離也拉近了許多。

秦念沒想到康岩竟是為了這事，半夜摸進味園，不由惱了。

「康岩，我的事情，你管那麼多幹麼？我與啟哥哥是師兄妹，我們遵循禮法，從不逾越。你這般做，就是心懷齷齪。」

「不，不是這樣的。」康岩見秦念生氣了，有些著急。「我就是擔心妳而已，怕妳……」

「怕什麼？前些日子，味園裡出現了你剛剛所說的黑影，啟哥哥擔心我的安危，這才住進來保護我。你倒好，居然想到別處去，這不是心懷齷齪是什麼？」

「念兒，妳真的誤會了。」

「你趕緊回去吧，今日這事就算了，回去後也別跟你奶奶亂說話。你可知道你奶奶嘴臭得很，到時不要沒事還鬧出事來。」

「我……我不會跟我奶奶說我來過這兒。」

韓啟冷冷出聲道：「你壓根兒沒在這院裡出現過。」

康岩臉色一僵，聽著韓啟的聲音，有一種感覺，韓啟就是這裡的主人，而他像是個趁黑摸進宅院的賊。

一會兒後，阿三將康岩送下味園的石階，康岩這才發現自己真的摔傷腿了，而且這回好像比上回更嚴重些，幾乎完全不能行走。幸好已經天黑，無人知曉他在村道上爬行，一路爬回家。

唉，真是斯文掃地呀！

康岩走後，韓啟仔細查看院內，還上了圍牆，在圍牆外的青苔上發現腳印。

看著腳印的大小以及深淺，他判定，對方應該是個很清瘦的男子。

有腳印，那一定不是鬼了。

秦念從屋裡找出先前那黑影遺落的鳥骷髏頭吊墜，心道這到底是個什麼樣的人呢？能跳那麼高的圍牆，像頭獸一樣，莫非是位絕世高手？比韓啟和歐陽莊主還要厲害？還有，這人到底在圖謀什麼？

後來幾天，黑影不再出現了。

秦念想了想，便把鳥骷髏頭戴在自己的脖子上，引得不少村民詢問，卻是一笑帶過，不多解釋。

這日，秦念在家中吃了頓豐盛的晚餐，回到味園時，碰到阿三嫂。

阿三嫂笑得神神秘秘，秦念覺得有些奇怪，卻也未在意，走到屋門口，將門一開，感覺一股濃郁的花香撲鼻而來，隨即黑暗的屋裡燃起幾盞燭燈，燈火照亮一張俊美無雙的臉，不是韓啟又是誰？

「念兒，生辰快樂！」

韓啟端著自製的銅質燈臺走到秦念面前，唇畔揚著深情的笑意。

秦念很驚喜，更意外。「你怎麼知道今日是我的生辰？」

韓啟笑道：「味園開業不是要挑吉日嗎？我去問過秦二嬸。」

秦念釋然。「原來如此。」

說到這裡，韓啟遞給她一物，觸感冰涼，拿起一看，是一塊羊脂玉的玉珮，玉珮上還雕著粗線條的雲紋。

自小在母親教導下，秦念對玉器稍有認識，這玉質通透純淨，是上品的玉。但觀其紋路，一看就知道是韓啟所雕，因為實在太粗糙了，讓她覺得有點暴殄天物。

不過，反過來想，這可是韓啟親手雕的，其意義非同一般，更應該好好珍惜才是。

這時，韓啟表現得卻有些尷尬。「妳生辰，我不知道送什麼才好，想著家裡還有一塊未經雕琢的玉，便拿出來試磨，再一頓亂刻，便成了這個樣子。」

秦念把玉珮抓得緊緊地，笑道：「它已經夠漂亮了，我很喜歡。」這是他費盡心力所製，沒有比這個更好的禮物了。

韓啟看著秦念，眼神變得有點奇怪，支支吾吾道：「念兒，如果有一天，我……」

秦念仰脖看著韓啟，等他把話說完整。

韓啟舌頭打結許久，話才出口。「兩年之內，如果有一天我突然離開了妳，妳便等我兩年。兩年之後，我若未回來找妳，妳就將玉珮扔了，另嫁他人。」目光癡癡地盯著秦念，心想秦念一定會生氣，會質問他為什麼要這樣說。

但秦念沒有，只是淡淡一笑。「你的意思是，這塊玉珮是送給我的定情信物，兩年之內你若是沒離開我，就娶我？」

韓啟有些意外，點點頭。「正是如此。但若我離開了妳……」

秦念搶過話。「你離開我，我便等兩年。如果你未來找我，我另擇良夫。」

韓啟聽著這些話，心底隱隱作疼。他有預感，兩年之內，他一定會離開秦念，因為他不能就這樣窩在白米村，當一輩子的隱身人。

秦念聽著韓啟這番話，心情變得格外好，因為前世時，韓啟並未對她說過這些。

再細想一下，前世韓啟是在她十四歲那年離開她的。現在她十三歲了，這世韓啟會不會在一年後離開，她不清楚，但聽韓啟要她等他兩年，她的心裡就很知足了。

這樣一來，如果韓啟離開，她就不會害怕，她會等他，可能不只兩年，而是很多年，直到等到他為止。

兩人的年紀到底還小，固然有如此親密的話語，還是止乎於禮。

韓啟送了玉珮之後，親自去廚房幫秦念煮一碗長壽麵，裡面還放了雞蛋。湊巧的是，敲了殼，竟然是個雙生蛋。

案桌邊，韓啟看著秦念夾麵，秦念卻把麵條送到韓啟嘴邊。

「啟哥哥，我的長壽麵，你也得吃。將來我的人生之中，就會一直有你。」

韓啟抿唇笑著點頭，道了聲好，張口吃下長長的麵條。

幽靜的暗夜，一盤明月懸在天際。

吃過麵，韓啟帶秦念爬上屋頂，兩人躺在月色下，欣賞似乎伸手可及的月亮。

韓啟道：「十五的月亮十六圓，說得真是沒錯。」

秦念看著那輪圓月，卻有不一樣的心思。「啟哥哥，都說月宮裡住著嫦娥，你說她為何要獨守月宮，是在等她的情郎嗎？」

韓啟偏頭看向她，不知為何，覺得她話裡有話。「或許是吧。」說完這四個字，心底微微惆悵，對未來有些不安。

秦念也生出幾分懼意，怕她將來會失去韓啟，會像嫦娥一樣，獨活一世。

第八十四章

噹——

聲音是從圍牆底下傳來的，韓啟刻意在那裡放了一排不太穩的破罐子。

「他來了，妳在這裡等著。」

秦念靜靜地趴在屋頂上，看著韓啟如一頭矯健的獵豹，悄無聲息地從屋頂一躍而下。

夜色下，一高一矮兩道黑影伴著一道道寒芒纏鬥在一起，不過一會兒，打鬥聲停止，寒芒直指那道瘦瘦矮矮的黑影。

韓啟厲聲問：「你到底是誰?!」

秦念從屋頂順著圍牆跳下，緊張的阿三夫妻也提著燈盞從屋裡出來。

燈盞照向黑影處，顯現出一張蓬頭垢面的臉，身上穿的是僅能蔽體的獸皮。

「是個小野人。」阿三驚道。

小野人的臉看不太清楚，只能憑身骨和輪廓猜測，他約莫十歲上下，透著燈火，那雙眼睛熠熠發亮，目光正死死盯著秦念脖頸下的鳥骷髏頭。

「你到底是誰？」

韓啟再次發問，小野人卻好像聽不到一樣，心思依然專注於秦念的脖頸下，突然，手朝秦念胸前一伸。

韓啟大驚，連忙將劍橫在小野人身前，但小野人好像什麼都不怕一樣，不管不顧地探身過去，刀劍劃破他身上又髒又破的獸皮，鮮血浸染出來，卻猶不知疼。

秦念閃身一躲，見小野人傻傻地不懼刀劍，連忙拽下掛在脖頸上的鳥骷髏頭遞給他。

韓啟不知小野人的身分，又見小野人完全不怕他的長劍，於是收起劍，伸手抓住小野人的肩膀，反身扣住。

此刻，小野人已經拿到秦念遞給他的鳥骷髏頭，似乎認命般，不再抵抗。

秦念從小野人的眼裡看到一抹怯意，好奇起來，蹲下身，直視小野人的眼睛。

「你是誰？」

小野人的臉從亂糟糟的長髮裡露出來，迎視秦念，目光好似變得柔軟，嘴唇也微微一動，卻沒說話。

秦念再問：「你為什麼要到這裡來？」

小野人移開目光，環視院子一眼，目光最後鎖在秦念住的廂房。

秦念循著他的目光望去，心生疑惑。「你想說什麼？」

小野人看著秦念，依然不說話。

秦念微瞇起眼，與小野人對視。「你不會說話？」

小野人默然片刻，點了點頭。

秦念看著他身上的獸皮，僅能勉強遮住下體，在日漸寒涼的秋夜，若是常人，定會凍得受不了，可他卻像是早已習慣。

「啟哥哥，把他放了吧，我覺得他應該不是壞人。」

阿三嫂卻有點緊張。「念兒姑娘，他幾次三番翻進院子裡，怎麼不是壞人？」

秦念看著阿三嫂。「阿三嫂，每回他來，味園可曾丟過東西？」

阿三嫂想了想，搖搖頭。

秦念又問：「那他可曾傷害我們？」

阿三嫂又搖頭。

秦念輕笑出聲。「那便是了，他來這裡定有原因，但並非傷害我們。如果他真想傷害人，以那翻牆和撲咬的本事，是很容易做到的。」

剛剛她親眼目睹韓啟與他對戰，雖然他沒能打贏韓啟，但也與韓啟過了十幾招，且招式就跟一頭野獸一樣，渾然天成。

她聽說過，有一種野人自小生長在深山老林裡，從未與人接觸，不會說人話，只懂獸語，行為動作和野獸差不多，這少年應該就是這樣的野人。

韓啟覺得秦念說得有理，放開了小野人。

秦念覺得小野人對韓啟牴觸，也排斥阿三夫妻，唯獨樂於接近她，便向小野人伸出手。

「起來吧！」

少年從地上站起身，背脊彎得厲害，夜色之下，仍可看出他手臂上的肌肉很緊實，手指寬大，有點變形，像是經常靠手爬行。

秦念心底生出一股深深的憐惜之情，吩咐阿三嫂去屋裡拿傷藥，再讓韓啟用剪刀剪開小野人胸前的獸皮，一道不算太深的傷痕露了出來，還在滲血。

秦念幫小野人上藥包紮完，才問：「肚子餓了吧？」

小野人盯著她，點點頭。

秦念微微一笑。「跟我來。今日是我的生辰，啟哥哥煮的長壽麵還剩下一些。」又轉臉看韓啟。「他就是啟哥哥。」突然想起一事，問少年。「你多大了？」

小野人一愣，搖了搖頭。

秦念頷首。「你大概是不記得自己多大了，不過看你身量，應該比我小。」

阿三嫂見這小野人的確不像壞人，連忙先去廚房，幫他盛麵。

片刻後，廚房的方桌邊，秦念坐在小野人身旁，發現他的目光盯著碗，又移到筷子上，如此反覆。

見他遲遲不動筷，秦念忽然想通，小野人很可能不會用筷子，於是從竹筒中抽出一雙筷子，示範一下。

方才在阿三協助下，小野人洗了手，但指甲依然可見髒污，手背也黑黑的。這是長年累月累積起來的，一時之間洗不乾淨。

他拿著筷子，學秦念剛剛教的，試著將筷子放入麵條中，但他挑了好幾次，也沒把麵條挑起來。許是餓極，他索性將筷子丟在地上，一手扶著陶碗、一手探入湯中，抓起一把麵條，就往嘴裡塞。

阿三嫂著急，想伸手幫忙餵，但秦念卻攔住她。

「不急，等他先吃飽。」

一大碗麵條，少年幾下就塞進嘴裡，接著捧起碗，仰脖將湯全灌入口中。

秦念看得心酸，抬臉瞧韓啟一眼，見韓啟臉上也出現了憐惜之情。

當真是個可憐的孩子，不知他兒時遭受了什麼樣的意外，竟然成了野人。

小野人吃完麵，秦念見他還盯著鍋裡，忙叫阿三嫂再去煮，多打三顆雞蛋，放些青菜。

不一會兒，阿三嫂將剛出鍋的麵端到案桌上，小野人又像剛才那樣，準備用手撈麵條。

秦念忙道：「燙燙燙。」

小野人被燙到，收回手的瞬間，衝秦念傻傻一笑。他這一笑，惹得在場的人都笑了起來，連韓啟的冰山臉都浮起淡淡的笑意。

廚房原本很緊張的氛圍，立時被這些笑聲緩和了。

等小野人吃完麵，秦念問他。「你是不是對這裡很熟悉？」

小野人神情一黯，點點頭。

秦念並不意外，心裡已經有了某種猜測，此時只需證實即可。

她微仰起脖子，從衣服裡扯出一條紅繩，一只小小的金手環露了出來。

小野人瞧見金手環，眼睛一亮，手一伸便要搶。

韓啟動作奇快，扣住小野人的手腕。「你想幹什麼？」

秦念忙取下紅繩，先示意韓啟放開小野人，再把小手環遞到小野人面前。

「你見過這個？」

小野人神情激動，點點頭，把手伸進懷中，從獸皮裡掏出一只與秦念手中一模一樣的小金手環，又指著自己，嘴裡啊啊出聲，似乎是想表達什麼，卻又表達不出來。

阿三夫妻看著小野人手中的金手環，驚詫不已。

秦念問：「這個手環是你的？你叫璜？」

小野人笑起來，猛點頭，再度把自己黑黑髒髒的手伸到秦念面前，卻又有點躊躇。

秦念把小手環遞給他，並從他手中拿過他的手環，放在眼底下一看，他的手環上也刻著一個璜字。

小野人盯著手環，手微微發抖，眼角已有淚落下來。

旁人都能看出，這是真情流露。

見阿三夫妻不解，秦念開始解釋。

「之前我和啟哥哥整理這座宅子時，找到了小孩子的衣物，還有一個小枕頭，枕頭裡塞了這只小金手環。

「我本想把這小金手環一併埋進小墳裡，但又覺得我們占著這家人的宅子，心中有愧，便將小金手環留下來，一來是心底存著希望，手環的小主人或許沒在那次滅門案中死去；二來是覺得，倘若小主人真的去世，那我替小主人守著這份孝心，將來等味園多賺些錢，就在後山修祠堂，供奉這家人的牌位。」

小野人將秦念這番話聽在耳裡，嘴巴忽然張開，發出一聲像獸一樣的嘶吼，再猛地起身，跪在秦念面前，一把抱住她。

這套動作當真太快，快到韓啟都沒有反應過來，當韓啟要去擋的時候，秦念卻攔住他，任小野人抱著她大聲哭吼。

或許，小野人這般哭吼，是想發洩他這些年來所遭受的委屈和不甘。

「哭吧，哭吧。」

秦念拍著小野人的背，覺得他好瘦好瘦，瘦得背上都是骨頭。

小野人不懂男女之間的顧忌，不懂禮數，抱著秦念哭了好一會兒，才緩過來，鬆開秦念，張嘴啊了幾聲，似乎想喊她什麼。

秦念目光溫柔。「當時我見到你的那幾身小衣裳，像是三歲小童穿的，再加上離你家出事過去七年多，算起來，你如今應該有十歲。總之，你比我小，往後你就是我的弟弟。反正我只有哥哥，沒有弟弟，你便叫我姊姊吧。」

小野人抬手抹了把眼淚，連連點頭。

秦念又問：「你知道你姓什麼嗎？」名字叫璜，那姓氏是什麼？這件事她沒去打聽，或許能問問里正。

小野人搖頭。

韓啟開了口道：「我問過里正，這戶人家姓褚。」將手指伸進案桌上的茶碗裡蘸些水，再在案桌上寫出了「褚」字。其實他並未問過里正，而是自始至終，就知道這戶人家姓褚。

秦念高興地看著這字，也用手指蘸了茶，在褚的後面寫下「璜」字。

小野人連連點頭，呵呵呵笑了起來，指著小手環上的那個字，讓阿三夫妻看。

秦念和韓啟見小野人沒有仔細看小手環，便知道上面有個璜字，曉得這事是確切的了，小野人就是褚璜無疑。

第八十五章

接下來，韓啟開口問道：「前些日子後山總會有死獸，可是你放的？」

褚璜點頭。

韓啟又問：「那你在墳前放那些死獸，意欲何為？」

褚璜張嘴啊啊了幾聲，實在無法表達，便雙膝落地，合起手掌，伏地而拜。

秦念笑道：「我懂了，他是想用那些死獸祭拜他的祖父祖母。」

褚璜連連點頭，露出一排整齊的牙齒，笑得開心又靦覥。

秦念見狀，高興得眼淚都掉下來了，哽咽著聲音說：「味園有真正的主人了。褚璜，這宅子是你的，你就是這裡的主人。」

褚璜一愣，默然片刻，猛搖頭擺手。

秦念笑著道：「以前看著這宅子是荒廢的，閒置在這裡太浪費，便向里正租來當藥食坊。里正說，這宅子擱著也就擱著，不讓我們出錢，只要我們往後賺了錢，多為村子出些力。

「現在好了，找到了褚璜，你便是這宅子的主人。若你不反對在這裡開味園，往後我向你租這宅子，按月付租金，這樣一來，你往後的生計也有了著落。」

褚璜似乎對於什麼租金的，有些不懂，眼神迷茫，看了看韓啟和阿三夫妻。

韓啟明白褚璜的困惑，解釋道：「這套宅子是你家的，往後你就是這裡的主人。你念兒姊姊想在這裡開藥食坊，需要租你的宅子，如果你不反對，她往後會按月付租金給你，也好維持你的生計。」

他說著，又朝中院一指。「那裡有間空房，待會兒阿三夫妻會幫你整理出來，你就住那裡。趕明兒再幫你置些衣裳和生活用物。」

褚璜聽得有些愣，但明白大致的意思，傻傻地點點頭。

秦念接著道：「至於租金多少，等你習慣了這裡，再與你商量，總之，不會虧了你。還有，我剛說的建祠堂之事，打算等明年春天就開工，到時便能供奉你親人的牌位了。」

褚璜聽著這些，忽地一陣神傷，又落下淚來，卻是因為感動。

阿三嫂看著這一幕，也感動得哽咽。「夜深了，我趕緊幫褚璜鋪床去。」

阿三道：「我幫褚璜燒水，等會兒我來幫他好好搓搓。」看著褚璜那一頭炸毛，和手臂及腳丫子上的髒污，又說：「這大概能搓出好幾斤泥來。」

這話一出，大家都不由得笑了。

秦念笑著說：「我去找把剪子來，褚璜的頭髮太長了，幫他剪短些，明日阿三哥再教他梳頭。」

阿三哥點頭。「沒問題，我會教他整理自己的。」

接下來，秦念去幫阿三嫂給褚璸整理房間、鋪床，阿三哥在廚房燒水。

韓啟則去了自己屋裡，拿了身自己的衣裳，要給褚璸換，又想起褚璸身量應該沒有他高，衣服許是太大，於是拿了剪子，把衣服裁短些，再去秦念屋裡的案桌上找了針線籃，將剪了的邊捲起來縫好。

褚璸則在宅子裡走來走去，想著以前只能偷偷來看看，如今終於可以堂堂正正地出現在這裡了。

不一會兒，宅子裡再度響起一聲嘶嗚般的獸吼。

這聲音一出，秦念和韓啟，還有阿三嫂他們都頓住了手中的活，心裡感傷。

褚璸著實太可憐，往後要多多愛護他才是。

阿三把水燒好，喊了褚璸，要幫他搓澡，秦念也把韓啟的衣裳送過來。

褚璸卻對阿三搖頭，不讓阿三幫他，指著秦念，要她幫忙。

阿三忙教他。「褚璸呀，男女有別，念兒是女孩子，你是男孩子，她沒辦法幫你搓澡。來，我幫你搓。」

但褚璸卻連連後退，目光盯在秦念身上。

「我來吧！」

韓啟從屋外進來，示意秦念出去。

秦念連忙點頭，她還想著怎麼跟褚璜好好解釋呢，幸好韓啟來了。

韓啟眉眼稍稍肅起，褚璜便縮到牆角去，不敢再要秦念幫他。

韓啟讓阿三也出去，再把門關嚴實。

緊接著，秦念聽到裡面傳出幾聲打鬥，接著是水聲，便安靜下來。

阿三則繞出去，趴在窗戶，去看兩人的動靜。

秦念隔得遠遠地，擔心褚璜，怕韓啟降不住這野孩子。

一會兒後，阿三走近秦念，笑著對她說：「還是韓哥兒有辦法，現在褚璜正乖乖地讓韓哥兒幫他搓，老實著呢！」

秦念好奇。「啟哥哥用什麼法子讓他老實了？」

阿三道：「韓哥兒先是用了點狠招，把他打得服氣，再把他扔進浴桶裡，又跟他說，如果不老實，就把他扔回深山去。褚璜不聽，韓哥兒便說，再不老實，就不讓妳當他姊姊，他就老實了。」

秦念聽了，笑得彎了腰，這小子真是吃軟不吃硬呀！

褚璜這個澡，洗了怕是有大半個時辰，待到他穿著乾淨衣裳走出來，竟讓阿三和阿三嫂看直了眼。

阿三嫂驚嘆一聲。「喲，原來褚璜長得這麼俊。」

此刻，褚璜一頭濕髮披在肩後，不知被韓啟搓去了幾層皮，終於露出俊美的臉，但臉盤小，顯得有些營養不良。背還是彎著，走路姿勢也像隻野獸。

阿三打了個哈欠。

秦念忙道：「阿三哥，你們去睡吧。我把褚璜安頓好了，就去休息。」

阿三夫妻便回房去了。

秦念讓褚璜回屋裡睡，褚璜卻搖頭，轉身朝後院快步走去。

秦念和韓啟跟在他身後，不知道他要幹麼。

到了後院，秦念和韓啟才明白，褚璜要睡秦念的屋裡。

韓啟上前。「你不能睡這兒。」

褚璜著急地指著自己，又指著屋子。

秦念心裡一動，問道：「這裡以前是你的房間？」

褚璜猛點頭。

秦念道：「那以後你就睡這裡吧，我去中院睡。」

韓啟攔阻。「不行，中院一大早就有人來做工，睡那裡會吵到妳。再說，那裡男工出入多，不方便。」

這時，褚璜突然一腳邁到秦念面前，扯住秦念的手，又指著屋子，啊啊地說：「住，住，姊，住，我……」

秦念聽著褚璝一個字、一個字的吐出來，明白了，他要她跟他睡同一間屋子，忙擺手。「不行不行，褚璝，男女有別。雖然我認了你當弟弟，但你不能和我住在一起。」

韓啟幾步上前，一把抓住褚璝的手臂，將褚璝往他屋裡拉。「你跟我一起住。」

褚璝似乎很怕韓啟，又不敢違背他，只得一邊看著秦念、一邊委屈巴巴地被韓啟拉進了屋子。

秦念看著想笑，忙對他們說：「我去把褚璝的被褥拿過來。」便跑去了中院。

時值五更，不一會兒，天都要亮了。

秦念安置好褚璝，連忙回屋休息，明兒的事情還很多呢。

最重要的，就是安排褚璝與村民見面，因此她回屋後也沒有睡好，一直在想這件事。

翌日，秦念從床上爬起來，已是日上三竿。

對面的屋門開著，她過去一看，屋裡沒人。

秦念是在後山找到褚璝的，韓啟和阿三都在。

阿三瞧見秦念，指著縮在樹下的褚璝說：「念兒姑娘，妳看這孩子，韓哥兒說要帶他去作坊見見人，熟悉熟悉，可他一聽，就跑到這兒來了，還抱著大樹，怎麼都不肯撒手。」

褚璝聽見動靜，從樹後露出頭，等到秦念走近，才走出來。

秦念對他甜甜一笑。「褚璝，你是不是怕人？」野獸都怕人，褚璝在深山老林裡長大，或許也是這樣。

阿三在旁邊看，暗自思忖，秦念也是奇了，不過十三歲，這個年紀的小姑娘還在娘親懷裡撒嬌呢，她卻好似什麼都懂，像個大人一樣。

褚璜垂著頭，又怯怯地抬眼看看秦念，點點頭。

秦念抿唇，微微頷首。「好，我知道了，你還需要時間，慢慢習慣這裡。」扭頭對韓啟道：「啟哥哥，先隨著褚璜吧，他不想見生人，那便不見。等褚璜想見了，再帶他出去。」

她很慶幸，自己沒有立即把村民們叫來，不然肯定會嚇著褚璜。

韓啟應下。

「褚璜，你吃早飯了嗎？」秦念問。

褚璜點點頭。

「我們先回去，你且在後院待著。」秦念見褚璜好像還有點怕，又道：「這幾日我會陪著你，教你一些事情。」

褚璜這才挪了步子，跟在秦念身後。

褚璜離開後山之前，還朝那一大一小兩個墳堆看了一眼。

韓啟忙對阿三說：「阿三哥，等會兒你把那小墳剷了。」

「好，我現在就去拿鐵鋤。」阿三跑開了。

小墳的主人沒死，阿三心裡有說不出的高興。

就算褚璜不想見生人，但這宅子有了小主人的事，還是被阿三夫妻慢慢傳開了。為此，秦念特別交代阿三夫妻，讓他們告誡工人們，不許去吵褚璜。若是見著，也不能太靠近，以免嚇到他，更不能亂打聽。

味園的工人們雖好奇，都想見一見這小野人，但也不敢去後院吵鬧，循規蹈矩，不敢造次。秦念雖是個小姑娘，但他們都吃著秦念給的飯呢！

這些天，韓啟待褚璜極好，但因褚璜從小與獸為伴，不懂得人間規矩，怕他不小心傷到秦念或是他人，是以時刻守在他身邊，謹慎防備。

另外，每日韓啟還會抽工夫出來讓褚璜練習站姿，改掉他弓背爬行的習慣，以免將來受人歧視。

秦念則教他開口說話，順帶講講這裡的規矩，哪些是能做的、哪些是不能做的。先講些簡單的，往後還得教他律法，只能慢慢來了。

好在褚璜願意學，似乎也希望自己能早日融入人間，但偶爾會發呆，更會抓狂。他發完呆，就會在院子裡跟大黃狗玩；抓狂的時候，則會發出激烈的獸吼。

大多數時候抓狂，是因為韓啟讓他練站姿。

由於練習一次得要半個時辰，他沒受過約束，十分沒耐性，又怕韓啟，心急了，便齜牙咧嘴地伸著脖子吼起來。

第八十六章

這日早晨，褚璜正在院子裡撫著大黃狗的頭，目光柔和地看著牠，時不時呀呀出聲，不知說的是狗話，還是人話。

秦念站在他身後，知道他一定是想念大山裡的狼群了。

現在褚璜已經能開口說幾句話，根據他的表達，秦念也弄清楚褚璜當年經歷了什麼事。

那年褚璜很小、很矮，但那時娘親總教他，如果有人問他多大，就要說三歲。

三歲時的記憶極淺，只有一幕深深地刻在褚璜的腦海裡。

褚家遭難那天，他躲在後山林子裡，看到爺爺奶奶被一群人拖出來，接著被長長的劍刺穿了胸膛，倒在地上。

他本來想撲上去，但看到爺爺臨死前的眼神，像是在跟他說，不要靠近，不要露面。

後來，那群人把爺爺奶奶拖走了，他便按著爺爺前幾日教他的，躲進大山裡，永遠不要出來。

他進了大山後，差點被大黑熊吃了，是狼群出現救了他。他被一隻大狼叨走，後來就與狼生活在一起。

那隻鳥，則是他的朋友。

褚璜不知年月，只知道在很久之前，大概是比現在的他矮上還半個頭的時候，他在山洞裡看到了一隻小鳥。小鳥被雨水淋濕了，凍得瑟瑟發抖，是他用身體把小鳥捂暖，又餵蟲子給小鳥吃。小鳥便成了他的朋友，不管他到哪裡，小鳥都會跟著他。

後來，小鳥生病死了，鳥身腐爛，他捨不得牠，就把鳥骷髏頭戴在身上。這樣一來，就好像小鳥還在他身邊一樣。

秦念覺得，這鳥骷髏頭掛在褚璜的脖子上，實在太刺眼，她戴幾天便能感受到眾人的注目，於是教褚璜入土為安之道，還說了為何要替他爺爺奶奶修衣冠塚，就是希望他爺爺奶奶能在地下過得安寧。

褚璜懂了，便與秦念一道去後山，埋了鳥骷髏頭，就埋在先前原本屬於他的小墳裡。

秦念和褚璜回來，從後山要進後院側門時，秦念聽到了康岩的聲音。

康岩正與韓啟說話，兩人的言詞似乎都不善。

康岩道：「韓啟，聽說你從來不踏出村口那座橋，是不是在外面犯了事，才躲進我們白米村？」

韓啟冷道：「這些無須與你說。」

康岩抬起下巴。「那你打算帶著秦念，一輩子住在白米村嗎？韓啟，我與你說實話吧，我在縣學念書，念得可好了，先生說我有望考上太學，往後會進京城當官，到時候念兒就是官夫人。」

韓啟輕哼一聲。「京城的水可深著呢，依你的性子，怕是過不了多久，就會被裡面的水淹死。」

「你……你竟敢咒我？信不信將來我當官後，第一個要辦的人就是你！」

「信，當然信了。」韓啟又是一聲笑。「不過能不能辦得了我，得等當了官再說。」

「你居然如此囂張，我現在就辦了你！」

康岩氣極，拔出腰上懸著的劍。他在縣城跟同窗學過幾招劍術，覺得憑那幾招，定能嚇到韓啟。

韓啟早已看出，康岩這傢伙連劍都拿不穩，是以並沒有太在意，也不想在白米村鬧事，想著等他劍到，閃開便是。

可還未等他閃開，忽然聽見秦念一道驚呼，緊接著，褚璜如一頭狼般，將康岩撲倒在地，張開嘴，朝康岩脖子上咬去。

韓啟立刻蹲下身，手護在康岩的脖子前。褚璜一口咬在韓啟的手臂上，死死不放。

這時，秦念也奔過來，伏身在地，看褚璜額角青筋暴出，顯然是被激怒，失了心智，連忙輕撫著褚璜的頭。

「褚璜，快鬆口，你咬到啟哥哥了。」

褚璜聽著秦念清甜的聲音，目中的戾氣漸漸散去，牙齒緩緩鬆開，唇間是一股腥甜的味道，與他平時所獵的動物不一樣。
他轉臉看著身旁的韓啟，韓啟的眉目緊緊蹙著，牙咬得很緊，卻未吭一聲。
秦念將褚璜從康岩身上拉起來，康岩也隨之起身。
康岩早聽聞味園有小野人，並沒有太意外，只是沒想到這小野人會襲擊他。不過剛剛韓啟的舉動，他身為一個從小讀聖人之道的書生，心裡是有些感激的，尤其看著韓啟衣袖上滲出的斑斑血跡，知道這一定很疼。
不過，他被褚璜嚇得不輕，後背又疼得厲害，想著自己在秦念面前頻頻出糗，這會兒褚璜還張著血口瞪他，一副要吃了他的模樣，不僅難堪，更是驚懼，於是從地上撿起劍，朝韓啟一拱手，便轉身跑了。
韓啟明白康岩此舉算是謝了自己救他，看來康岩還算是個講理的人，不過剛才揮劍，顯得他不夠穩重，太冒失衝動了。
另一邊，秦念拉著褚璜問：「褚璜，剛才你要幹麼，真要咬死他嗎？」她也被嚇壞了，萬一褚璜那一口真咬死康岩，那可怎麼得了。
那一幕她瞧得明白，知道韓啟定能避開康岩那一劍，就康岩那點底子，別說韓啟，連她都避得過。而且，她看得出來，康岩只是想嚇唬韓啟，他就喜歡裝腔作勢，卻沒有真本事。
韓啟撫著手臂被咬的地方，看著褚璜，微微一笑。「褚璜，謝謝你為我出頭。」

還咧著嘴的褚璜一愣。

接著，韓啟嚴肅了神情。「不過，就算要為我出頭，你也得用合理的方式。你可以撲倒他，但不能把他咬死。」語氣一頓。「萬一你剛才咬死他，就算他不對在先，你也會被官府抓去，還會連累念兒，因為念兒的娘是康岩的嬸嬸。」再一頓。「這些關係，往後慢慢告訴你，你就會明白了。」

褚璜聽得一知半解，但懂了大致的意思，就是不能隨意殺人，不然會連累秦念。他轉臉看著秦念，十分後悔。

待到韓啟說完，秦念連忙鬆開褚璜，走到韓啟面前，拉開他的衣袖，露出兩道鮮血淋淋的齒印。

「疼吧？」

「無礙。」

秦念將韓啟帶到她屋裡去，拿出傷藥，替韓啟上藥包紮。

褚璜在旁邊看著，緊抿著唇，眉眼皺成一團，像是個犯了錯的孩子。

直到秦念把韓啟的傷口處理好，她才把心思轉到褚璜身上，拉住他的手，語氣溫和地說起來。

「褚璜，其實你剛剛那樣做是很對的，只是咬人不對而已。之前姊姊還以為你不喜歡啟哥哥呢，原來在關鍵時刻，你也會為啟哥哥挺身而出，足以說明你是個善良勇敢的人。」

褚墳聽著秦念這番誇讚他的話，心裡的鬱悶瞬間消失不見，也才發現，原來他並不討厭韓啟。

他為韓啟挺身而出的那一刻，完全出於本能。以前唯有他的狼朋友受到別的野獸攻擊時，他才會這樣反擊。看來，韓啟已經是他的朋友了。

想到這裡，他看向韓啟，對韓啟傻傻地笑。

韓啟抬眼看著褚墳的笑臉，神情微微一頓，旋即也展顏一笑。

屋裡原本有些沈凝的氛圍，終於輕鬆了下來。

午後，秦念騎馬去了鎮上的趙家。

也是湊巧，趙家公子趙奇也在。

康岩在縣城的書館讀書，趙奇也在那裡，說不定他們認識。她本沒想提起康岩，趙奇卻主動問了。

「念兒姑娘，妳認識白米村的康岩嗎？這次我是與康岩一道回來的。」他與康岩不僅是同窗，更是好友。

接著，趙奇又道：「明日我就要離家去縣城，不知道康岩會不會與我一道去？」若是同行，今夜康岩就得到他家來住，明早一起趕路，這樣也好有個伴。

秦念顯得有些尷尬。「我認識康岩，但不是很熟。」轉而對趙家主母躬身。「夫人，上回我在您屋中見過一套當朝律法，想借來研讀一下，不知可否？」

趙家主母感恩秦念治好了她的頑疾，又一直沒有斷了讓秦念成為她兒媳婦的念頭，於是慈愛一笑。

「那套書本就是奇兒從縣學拿回來的，妳要的話，拿去看便是。」

趙奇笑道：「家裡還有好些書，念兒要是想看，可以進我書房挑。」

秦念可不敢隨便進男子的書房，微微笑道：「如果方便，我借那套當朝律法便好。」

趙奇有點失望，尷尬一笑。「好，我去幫妳取來。」說著往母親屋裡走去。

這套律法是他從縣學拿來給父親看的，父親經商，讓他多了解當朝律法，可避免過失。

秦念本以為趙奇會吩咐丫鬟或小廝去拿，不承想他竟親自去取。

趙家主母想讓秦念有多一點與兒子相處的機會，連忙道：「念兒，妳跟著去看看，可別讓他拿錯了。」

這哪裡會拿錯？但秦念懂趙家主母的意思，也不好端著架子，於是行了禮，跟趙奇出了廳堂。

等會兒去拿書時，她在屋外等著就好，免得兩人共處一室，不太妥當。

第八十七章

趙奇回頭看秦念，見秦念一直低著頭，不敢看他，溫雅一笑，隨即示意書童一起進屋。

趙奇取了律法書，整整四大冊，命書童用錦布包好，遞給秦念。

「念兒姑娘，我縣城那裡還有一套，這套便送給妳吧。」

秦念忙道：「這可不成。」

「念兒姑娘不必客氣。」趙奇微笑。「妳治好了我母親的舊疾，送套書而已，也不是什麼值錢的東西。再說，我平日鮮少在家，往後勞妳得空就來看看我母親，若她身體有什麼不對勁的地方，還請幫忙診治。」

秦念聞言，不好拒了趙奇的這番心意，以免顯得她不近人情，於是笑笑道：「那多謝趙公子了，往後我自會抽空來看望夫人。」

人老了，身體就容易犯毛病，秦念為趙家主母治好頑疾後，趙家主母待她很好，當初味園開業時沒有通知趙家，後來趙家主母知道，還特意安排管家送賀禮過去呢。

秦念與趙奇回到廳堂後，又與趙家主母聊了幾句，便起身告辭。

她去鎮上為褚璜添置了些東西，沒來得及繞去濟源醫館看看，就快馬回了村。

是夜，她認認真真地教褚璜當朝律法，但褚璜不認字，就把書上的字一個一個教給他。

不過，考慮到褚璜還不習慣這種生活，她打算剛開始一次教少一些，後面再慢慢增加。
夜深了，秦念教完褚璜，讓他去韓啟那邊睡覺。
片刻後，韓啟出來跟她說，康岩走了，說是要去鎮上，明日與趙公子一道去縣城上學。
韓啟沒告訴秦念，當時康岩拍著胸脯說，他是不會放棄秦念的，將來一定會去京城當大官，要讓秦念當官夫人。
秦念道：「難得康岩還會親自來向你道別。」
韓啟突然一本正經地看著她。「念兒，妳怎麼那樣招人喜歡呢？」
秦念一愣。「什麼意思？」
韓啟道：「喜歡妳的人太多了，我防都防不過來呀！」
秦念嘴角一抽。「除了康岩，還會有誰？」康震於她來說是不算的，那就是個流氓。
韓啟一哼。「羅禧良、趙奇。」
秦念睜大眼睛。「連趙奇你都知道。」趙奇喜不喜歡她，都不算數，因為前世中並沒有趙奇這人，也沒有羅禧良，只出現韓啟和康岩。
這般想來，這一世的改變還真大。
韓啟回答。「聽李二叔說的，趙家主母還想讓妳當她兒媳婦。」
秦念無言了。

韓啟繼續說：「這才在白米村呢，倘若往後去大些的地方，碰到的人更多，豈不是更招架不了？」

秦念忽地一笑。「啟哥哥，往後不管在哪裡，你我都在一起。」這樣就不怕了。

韓啟聞言，臉色驟然一沈。

他無法保證往後，心底一片淒涼。

秦念微仰著頭，看韓啟臉上的表情變幻，也是茫然。

她期待的未來，能如她所願嗎？

與此同時，趙家的院子裡，趙奇和康岩對坐於石桌前，就著幾碟肉菜，品著府裡丫鬟自釀的梅子酒，淺淺閒聊著。

「康岩，你們村裡的秦念，你認識嗎？」

康岩一愣，轉而拔高聲音。「當然認識了，她可是我未來的媳婦兒。」

哐噹……

酒盞落地的聲音在院子裡響起，趙奇鎖緊眉頭，不可置信地瞪著康岩。「你說什麼？」

康岩又是一愣。「我說秦念是我未來的媳婦兒。」

趙奇哂笑一聲。「可今日念兒姑娘到我家來，她說與你不熟。」

康岩聽聞此言，頓時惱了，失了分寸，拍桌而起。

「念兒是隨她娘嫁到康家來的，她娘嫁給我二叔，如今她就是康家的人，怎麼與我不熟，她和我住同一排屋子呢！」雖然秦念早搬去了味園，但他一直覺得，康家才是秦念的家。

這下，趙奇倒是不生氣了，覺得這事有些蹊蹺。「我也很想知道，秦念的娘既然嫁給你二叔，那她一定與你很熟悉，為何要告訴我，她與你不熟呢？」

這時，他想起向秦念提起康岩時，秦念臉上那冷冷的表情，這足以說明，秦念不是很喜歡康岩，甚至有些……討厭。

當然，他心底的這些感受，是不能與康岩說的。本來他還想向康岩仔細打聽秦念，思量了許久，請康岩出主意，怎樣才能討得秦念歡心，好將秦念娶進趙家門。

這下可好，原來康岩也喜歡秦念，這件事就只能埋在心底了。

「來來來，坐下。」趙奇把康岩按回椅子上。

康岩心裡十分不爽快，秦念居然跟趙奇說與他不熟，當真太損他顏面。

難道秦念這般討厭他了嗎？

年前，秦念明明還表現出很喜歡他的樣子，怎麼不過半年多未見，秦念就變了？

看來是韓啟的原因，是韓啟奪了秦念的心。

可韓啟救過他一命。

唉！康岩想著這些事，越想心頭越煩。

趙奇看出康岩的不爽快，又吩咐丫鬟拿來一壺酒，替康岩添上。

他想套一套康岩的話，好了解秦念與康岩到底有何過節，為什麼同在一個屋簷下，卻如同路人一般。

心煩遇上酒，康岩便將他與秦念的事說了個明明白白，說到韓啟，真鬱悶得無以復加。

趙奇早知道秦念身邊有韓啟這個人，但沒親眼見過，只聽大管家說，韓啟長相十分俊美，氣度不凡，像是貴戶人家出身，便上了心。

這會兒，他倒是有些後悔，這次回來，應該去白米村會一會韓啟的。

對了，他還聽說過鎮上濟源醫館的羅禧良，倒是位溫雅有禮的醫者，不過沒在醫館碰過秦念。

想著這些，趙奇頓時覺得自己毫無勝算，他沒機會與秦念一起相處，怕是輪不到他娶秦念。但無論如何，他不能就此放棄，畢竟秦念還不到成婚的年紀。

這兩年，他得先把書讀好，往後有了功名，便能比得上秦念身邊的韓啟和羅禧良了。到那時，不怕秦念不嫁給他。

至於康岩，似乎並不是威脅。

接著幾輪酒下來，康岩把韓啟的事說得更詳細些，韓啟從來不離開白米村，到白米村不到一年，操著京城口音。

趙奇把這些全記在心上，打算下次回家定要會一會韓啟，看他到底是何方神聖。

過了一些日子，褚璜已然習慣宅院的生活，雖然偶爾會發呆，但每每韓啟試問他是不是想回山上，他都很用力地搖頭。

山上固然自由，動物夥伴們也很多，但他明白，自己是人，得過上人的生活。

這天，韓啟教褚璜練過站姿後，猛地拍拍他的背，誇讚道：「你的背雖然還有些彎，但相比之前，已經好很多了。」

秦念笑著看褚璜。「褚璜，要不今日我帶你出去轉轉吧，去見見村民們。」

褚璜有些猶豫。

秦念勸道：「現在白米村的人都知道你的存在，很想見見你。」指著臺階上蓋著麻布巾的竹籃。「你看，那籃子裡都是吃的東西，是幾位嬸子做好，託我送給你吃的。」

褚璜聞言，心頭一熱，眼睛裡立時有了濕意。

韓啟也勸道：「你總歸要與人接觸，如今也學了不少東西，不必害怕。就算有什麼事，也有我和念兒姊姊護著你。」

褚璜聽韓啟這麼說，眼淚終是止不住，掉了下來。

「我……我出去，我不……不怕。」

秦念見褚璜終於願意開口說話，格外開心，一把牽住褚璜的手。

「走，褚璜，姊姊帶你出去玩。不必害怕，就像剛剛啟哥哥說的，我們都會護著你。」

她說罷，拉著褚璜快步走到後院門前，將緊閉的門打開，帶褚璜往中院走去。

韓啟忙跟在他們後頭。

褚璜的出現，讓味園熱鬧了起來。

秦念見褚璜一直低著頭，不敢看這些人，甚至身體還有些顫抖，怕嚇著褚璜，便帶著褚璜離開味園，韓啟則在身側護著他們。

到了村道上，秦念對褚璜道：「不必怕，你是人，不是狼。人是不會怕人的，懂嗎？」與獸一同長大的褚璜，會如獸一樣躲避人類，是因為他忘記了自己也是人。

褚璜聽秦念這樣說，深呼吸一口氣，把膽子提了起來。

路途遇上來探問的村民，秦念便向村民介紹褚璜，又把褚璜介紹給村民。

不一會兒，褚璜就不那麼怕了。

接著，秦念帶褚璜去韓家，讓褚璜拜見她的師父韓醫工。

褚璜學著秦念教他的禮儀，雙手作揖行禮，倒是有模有樣。

韓醫工輕撫褚璜的肩膀，好生誇讚了他一番。「原來褚璜是個俊小子，身子骨也結實得很。往後就跟著你念兒姊姊學認字，若是喜歡醫術，也可以跟著學。」

褚璜再次作揖，臉上扯出了一個笑容。

第八十八章

見過韓醫工，秦念把褚璜帶回家。

秦氏在家，康有田也剛收了麥子回來。

秦氏去味園送過吃食給褚璜，所以褚璜對秦氏不陌生，而康有田看起來也和善，褚璜並不排斥他們。

只是，正當他們寒暄之時，隔壁的楊氏和康震聞聲走進了院子。

褚璜一眼瞅見康震時，眉宇間立時泛起殺氣。

康震與康岩長得十分像，但康岩看起來斯文，而康震卻是一副凶悍的模樣。

褚璜見到康震，便想起康岩對韓啟揮劍之事，再加上康震一臉的不善，讓褚璜對康震有了戒心。

康震被褚璜的殺氣嚇住，但不過一會兒，見褚璜個頭這麼小，還只是個十歲孩子，便冷哼一聲。

「野人就是野人，即便到了人堆，也脫不了獸性。」

褚璜一聽康震這話就怒了，猛地想朝康震衝過去，卻被秦念一把扯住。

「褚璜，別去。」

康震見褚璜這般舉動，也嚇了一跳，連忙拔出隨身佩帶的大刀擋在前面。

楊氏本來只是想看看熱鬧而已，沒想到自家孫子一到這院裡，便討了個沒趣，頓時惱了，接過康震的話頭。

「的確是個野孩子，就這獸性，往後出了門，不被人看著，怕是要吃人。」又瞥向秦念。「念兒，往後妳還是把他關起來吧，若他在村子裡傷了人可不好。」

褚璜聽楊氏這麼說，立時對楊氏齜牙咧嘴，但並未作勢要撲過去。

秦念緊緊扯住褚璜的胳膊，對楊氏道：「康奶奶，褚璜不是野孩子，他是有家的，味園就是他的家。再說，他很正常，只要你們不惹他，他是不會傷害你們的。」

康震冷道：「我剛剛也沒惹他呀，但妳也瞧見了，他一見到我就想撲過來咬，那樣子，與野獸有何不同？」

褚璜氣得張牙舞爪。

這一點，秦念覺得是褚璜理虧，但她很明白其中的緣由，於是解釋道：「想必你也知道，之前康岩到味園去找啟哥哥，後來還對啟哥哥拔劍，還是褚璜看到了，才攔住康岩。」

這件事，康震是曉得的，還知道韓啟為他弟弟擋了一下，被褚璜咬傷。

但他更能拿此事說嘴。「哼，這小野人連身邊的人都會咬，對外人怕是更不得了了。念兒，我還是勸妳把他關在屋裡，萬一他出來傷了人，可是要送官的。到時他被官府抓去，會被當成野獸打死。」

秦念聽到康震這般不講理，氣得不得了，正想上前理論，卻被韓啟拉住。

韓啟緩步走到康震面前，身姿昂然，目光犀利，康震與他相較之下，立時矮了一截。

「康震，以前褚璜的確是野人，但他現在不是，往後也不會是。」韓啟神情嚴肅。「往後，我若再從你嘴裡聽到褚璜是野人這種話，就對你不客氣。」

秦念見狀，乘機對康震說：「這是我家，若怕褚璜傷你，走了便是。」

康震生出懼意，頓時有種在這裡待不下去的感覺，但緩過勁來後，覺得十分不服氣。但就算不服氣，此時也不好繼續待著，於是對褚璜冷哼一聲後，轉身走了。

楊氏杵在院子裡，走也不是、不走也不是，但她怕褚璜那雙眼睛，便也跟著康震跑了。

康震回去後，心想今日在韓啟跟前討了個沒趣，越發覺得自己不能再這樣窩囊下去，不然，這輩子都沒法比韓啟高上一截。

他悶頭倒在床榻上，腦子裡思量著，要如何才能打破這個局面。

他要將韓啟踩在腳底下，還要將秦念壓在身底下，這是他積壓已久的想法。

這件事，不能再拖了。

這日，秦念帶著褚璜在村子裡好好地轉了一圈後，回了味園。

晚飯時，秦念對褚璜說：「明日我要去鎮上醫館坐診，也帶你過去玩。鎮上有好多你沒見過的東西，你一定會喜歡。」

韓啟聽秦念這麼說，筷子頓在了半空，忽然覺得不安。

秦念看向韓啟。「啟哥哥，怎麼了？」

韓啟收回筷子。「褚璜才剛出來見人，怕是還不能去鎮上。」

秦念笑道：「沒關係，褚璜終是要習慣與人相處，不能總待在味園的，我帶他出去見見世面。」

褚璜看著秦念，滿臉期待。

韓啟卻嚴肅道：「不行，他暫時不能去。」

秦念見韓啟冷了臉，不好再說什麼，只能看向褚璜，無奈地聳肩。「明天不去也成，等你與村裡的人熟悉了，我們再去鎮上。」

褚璜的臉色變得有點不好看，一副委屈巴巴的模樣，但也只能應了。

次日午後，秦念騎著大馬去了鎮上。

羅禧良不在，自秦念熟悉醫館後，羅禧良便按慣例去其他村子看病。

如同往常一樣，但凡秦念坐診，都有一大堆婦人在門前等著，有的甚至搬來小板凳，坐在門前排隊，一直排到路上去。

以前婦人有了婦疾，都是忍著受著，從不敢尋醫問藥。自從她們得知濟源醫館來了位女醫工坐診後，就都過來了。

起初，她們見秦念只是小姑娘，有些猶豫，但經過診治後，病症都有好轉。自此，秦念會治婦疾的盛名，便在鎮上及附近村子傳開，後來每逢秦念坐診，都是婦人來求醫。

可今日的人實在有些多，秦念在天色漸黑時還未忙完，幸好羅禧良在入夜前回來，但剩下的幾位婦人不敢讓羅禧良診治，拉著秦念不放，非要秦念看不可。

秦念無奈，只得一一幫她們看完。

待到診客都走了，羅禧良忙留秦念在醫館吃晚飯。

秦念餓得厲害，也沒推託，就留下來吃了。

飯後，羅禧良道：「念兒，天黑了，妳不如在這裡歇息。後院幫妳安排的屋子，妳還沒有住過呢！」

秦念搖頭。「不必了，羅大哥，若晚上不回去，怕我娘擔心。」哪裡是怕母親擔心，分明就是怕韓啟擔心。

羅禧良又道：「那我送妳。」

秦念笑著拒絕。「羅大哥，你放心好了，馬兒已熟路，之前也是這般晚回去，但牠跑得可快了，不一會兒便到家。」

之前曾有一次，秦念坐診完，天已經黑了，但羅禧良還沒有回來，她就獨自回白米村，安然無事，所以覺得這回也沒有問題。

羅禧良以為，秦念擔心男女獨處不便，不好勉強。屠三又不在，不然他倆送她也行。不過，秦念的馬的確是匹快馬，而他的馬跟他跑了一天，這會兒都累了，若是再跑，怕是還跑不贏秦念的馬，反而會耽誤她。

於是，秦念騎上馬，向羅禧良告辭後，馬鞭一揚，沒入暗夜之中。

今夜是圓月，月光下，馬兒跑得又快又穩，原本怕黑的秦念越發覺得，她的膽子又變得大了些，不再害怕走夜路了。

正當她感到心安時，馬兒突然一聲長嘯，前蹄一頓，馬身立起，毫無準備的秦念從馬身上跌落，幾個翻滾，摔到了草叢邊。

秦念驚嚇之餘，又慶幸剛剛落馬那瞬間，她穩住了姿勢，應該沒有受太大的傷，連忙從地上爬起來，想去拉馬兒的韁繩。

但突然間，她感覺到背脊一陣發寒，後面似是有人，欲回頭看，卻被一條帶著異香的帕子蒙住口鼻。

不一會兒，她頭腦漸昏，身子一軟，倒在了地上。

秦念倒地之時，看到了眼前的黑影，唇間無力地喊出一個名字。「康震。」

康震把秦念拖進足足有一人多高的草叢之中，賊笑道：「念兒妹妹，我就是妳震哥哥。」

秦念的頭腦越來越沈，渾身發軟無力，知道今夜只怕是逃不過去了。
只是她不甘心，這世為何比前世還不如！
她感覺康震的臉近得快要貼上她的臉了，他的手開始解她的裙帶。
「念兒妹妹，這藥只會讓妳動彈不得，卻不至於昏睡過去。呵呵，等會兒妳便可以感受到做女人的滋味。
「從今夜開始，妳便是我康震的人了，待明日天明，我就帶妳去遠些的地方。我們會生個寶寶，不不不，要生好多好多寶寶……啊——」
忽然間，秦念瞧見一道猛獸般的身影將康震推開，緊接著，康震的慘叫聲響徹夜空。
秦念無力的臉微微聳起，唇角露出一個笑。
她得救了。
片刻後，褚璜吐掉嘴裡的半片耳朵肉，起了身，又朝在地上疼得翻滾的康震踹了幾腳。
「不許你再回白米村。不然，我會殺了你！」未脫童聲的話語，卻飽含著滿滿的戾氣。
深秋的寒風在山間呼嘯著，康震不僅耳朵疼，心臟還如同注了冰雪一樣，凍得渾身發顫。
褚璜走到秦念身旁，蹲下身抱起她，朝回白米村的路上慢步走去。
——未完，待續，請看文創風960《藥香蜜醫》3（完）

2021年5月出版

逐香巧娘子

文創風 956～957

若是不值得的人，可不能輕易付出真心……
燒得一手好菜又會製香，還有神祕的泉水相助，
若只當她是不識好歹的臭丫頭，那可真是瞎了狗眼，大錯特錯！

溫馨氣氛營造高手／桃玖

沒了爹也沒了娘，竺珂知道自己的命好不到哪裡去，
不過無緣無故被自家舅母賣到青樓這種事，
她可是說什麼都不能忍！
拚著一口氣逃回家裡，整天面對酸言酸語就罷了，
誰知接下來竟是要被賣給別人當小妾?!
竺珂正難得有些氣餒，媒婆卻忽然找上門，
說是有人要明媒正娶帶她回家，
仔細一聽，乖乖，這不就是當初助她離開魔爪的男人嗎？
難道……他早就對她動了心？
看著他線條剛硬、平靜無波的側臉，
她決定當個巧娘子，賴在他身邊一輩子……

2021年5月出版

小漁娘掌家記

文創風 953～955

逃難到這個陌生朝代的小漁村，姊弟三人開啟了新生活，
只是滿滿的海鮮漁獲雖然好吃，要怎麼利用來發家賺錢呢？
還好她這個現代小海女有各種新鮮主意，不怕古人不識貨！

海闊天空新生活，當個島主來玩玩／元喵

上一刻玉竹還在跟霸占她財產的二姊爭論，怎麼眼一閉就變成五歲女童？!
而且這是什麼處境——家鄉遇難，他們三姊弟一路跟著流亡成了難民，
自己面黃肌瘦、營養不良，要不是靠著長姊跟二哥一路細心照顧，
這小身板真不知怎麼撐得下去……
幸好老天有眼，姊弟三人終能不再流浪，暫居在靠海的上陽村中；
只是長姊跟二哥雖然懂農事，卻完全沒到過海邊，
沙灘上滿滿的海物看得她眼睛發亮，她這個現代小海女可有發揮的機會了！

結髮為夫妻，恩愛兩不疑／灩灩清泉

2021年4月出版

大四喜

她將他當成了弟弟般照顧，甚至拿出稀世藥膏治他的臉傷，
一開始他也確實將她當成姊姊般，雖然兩人只差幾個月，
可聽見媒婆說了些條件差的男子給她時，他極憤怒，
得知外貌、才幹、家世都頗佳的人對她有意後，他仍是不悅，
思來想去，自己怕是對她情根深種了，才覺天下男子都不配啊！

文創風 949 **1**

許蘭因擁有能聽見別人「內心話」的特殊能力——聽心術，
由於這樣，她每次相親總因聽見了對方內心的差勁想法而從未成功過，
某日又相親失敗後，她走在路上，突然一腳踩空，再醒來竟然穿書了?!
這兒是大名朝，皇帝姓劉不姓朱，而她是僅剩一個多月生命可活的負評女配！
呵，老天爺是在整她吧？既然回不去原本的世界，那她當然得想辦法活下去，
根據她腦中接收到的資訊，這女配跟她同名同姓，家中有寡母及兩個弟弟，
重點來了，她還有個自小就訂下婚約、長相俊俏又有功名在身的古姓未婚夫，
但按原書設定，他中舉後不久她就要溺斃了，根本來不及當舉人娘子享福啊！

文創風 950 **2**

錯把古渣男當良人，原主許蘭因就是個愛到無藥可醫的傻棒槌無誤啊！
雖然她平時很勤奮工作又會做事，但攢下的錢全獻給了未來夫家，
這還不夠，古家母子倆甚至攛掇著她偷賣家中田地，拿錢供他們花用，
結果，不僅娘親氣得許久不跟她說話，就連兩個弟弟也煩她、厭她了，
如今她沒了利用價值，古家還打算暗地裡壞她名聲甚至害死她好另娶他人，
幸好自己不是原主那個癡情小傻瓜，早知他的真面目並成功退親保住小命，
當前最要緊的，就是趕快想辦法把之前被原主敗光的錢掙回來，
畢竟這個家窮得連頓像樣的飯都沒，娘親和幼弟還一身病，樣樣都要錢呀！

文創風 951 **3**

黑根草，簡單地說就是每六十年才會出現一次的神奇藥草，
原主因為鼻子特別好使，曾誤打誤撞地在山裡挖出了兩棵，
就這麼巧，聞名天下的老神醫遍尋不著它卻又急需它，
所以當場以僅有的一錠銀角子、一塊刻了字的神祕小木牌及一盒藥膏買走，
據老神醫說，藥膏既能讓皮膚又白又細還能治疤，省著用放二、三十年也不會壞，
偏偏原主不信這話，隨手丟在家中，幸好許蘭因翻箱倒櫃尋了出來，
都說老神醫有三寶，其中一寶就是這個能去疤生肌的如玉生肌膏，
但話說回來，當初老神醫跟她換還覺得她虧了，可見那黑根草更是珍寶吧？

文創風 952 **4** 完

尋覓黑根草期間，她先是跌落獵人設的陷阱中，命懸一線時被那個叫趙無的男子所救，
後來她又碰巧救了被親戚謀害推下崖的他，並在現場發現了心心念念的黑根草，
算他幸運，雖然那張俊臉摔出不少傷痕，還被老鷹啄出兩個洞，變得血肉模糊，
但不怕，她手裡有如玉生肌膏啊，保證還他一張比之前加倍俊美的臉！
傷癒後，這傢伙卻老愛在她耳邊唸叨著：若她因退親一事而嫁不出去，他願意娶她，
本來她是不當一回事的，可不知是否被他洗腦了，她竟也覺得嫁他似乎不賴，
而且，他還意外救了她「失蹤多年」的爹爹一命，是他們許家的恩人啊！
兩人互救相許、天價賣掉黑根草、父親生還大團圓，這許是她的人生四大喜吧？

2021年4月出版

落難千金翻身記

文創風 945~946

若有人問，安隆街上誰賣的豆花最好吃？
幾乎人人都會說：「那個邊唱曲邊賣豆花的小姑娘呀！」
不是陶如意在說，她賣的豆花好吃，
全都多虧當初她死裡逃生，收留她的丫鬟一家的手藝，
但人家只是普通農戶，她不能白吃白住，
既不會砍柴種田，當然得拿出她擅長的本事幫一把啦！

市井中的浪漫，舌尖上的幸福／溪拂

陶如意貴為官家千金，又名為「如意」，
照理說該大富大貴，可她的人生一點都不如她意！
父親一代良將，卻被奸人誣衊下獄，害她家破人亡，
未婚夫在此時伸出援手，她以為終於雨過天晴，
誰知竟是上演渣男與閨密聯手置她於死地的老戲碼。
她在瀕死之際僥倖被人救活，那人還留了一筆銀子給她，
雖然她沒看清那人的模樣，但這份感激她不會忘！
逃過一劫後，她一邊賣豆花，一邊伺機要救出尚在獄中的父母，
沒想到豆花意外暢銷，還因緣際會得到一本食譜，財富隨之而來，
這期間她偶然發現到，有一位男顧客與救命恩人的背影十分相像，
可據說這男子是遠近馳名的惡漢李承元，
這樣的人會大發善心來救她，她莫不是認錯了人？

文創風
959

藥香蜜醫 2

國家圖書館出版品預行編目資料

藥香蜜醫 / 榛苓著. --
初版. -- 臺北市 : 狗屋出版社有限公司, 2021.06
冊 ; 公分. --（文創風 ; 958-960）
ISBN 978-986-509-216-0（第2冊 : 平裝）. --

857.7　　110007280

著作者	榛苓
編輯	安愉
校對	吳帛奕
發行所	狗屋出版社有限公司
地址	台北市104中山區龍江路71巷15號1樓
電話	02-2776-5889～0
發行字號	局版台業字845號
法律顧問	蕭雄淋律師
總經銷	知遠文化事業有限公司
電話	02-2664-8800
初版	2021年6月
國際書碼	ISBN-13　978-986-509-216-0

本著作物由北京晉江原創網絡科技有限公司授權出版

定價260元

狗屋劃撥帳號：19001626

網址：love.doghouse.com.tw　E-mail：love@doghouse.com.tw